雪，我生日的天

赵胜勤 著

甘肃文化出版社

图书在版编目（CIP）数据

雪，我生日的天 / 赵胜勤著. -- 兰州：甘肃文化出版社，2022.8
ISBN 978-7-5490-2494-0

Ⅰ.①雪… Ⅱ.①赵… Ⅲ.①散文集－中国－当代 Ⅳ.①I267

中国版本图书馆CIP数据核字(2022)第090112号

雪，我生日的天
XUE WO SHENGRI DE TIAN

赵胜勤 ｜ 著

责任编辑 ｜ 党　昀
封面设计 ｜ 韩　征

出版发行 ｜ 甘肃文化出版社
网　　址 ｜ http://www.gswenhua.cn
投稿邮箱 ｜ press@gswenhua.cn
地　　址 ｜ 兰州市城关区曹家巷1号｜730030(邮编)

营销中心 ｜ 贾　莉　王　俊
电　　话 ｜ 0931-2131306

印　　刷 ｜ 甘肃发展印刷公司
开　　本 ｜ 787毫米×1092毫米　1/16
字　　数 ｜ 132千
印　　张 ｜ 14
版　　次 ｜ 2022年8月第1版
印　　次 ｜ 2022年8月第1次
书　　号 ｜ ISBN 978-7-5490-2494-0
定　　价 ｜ 68.00元

版权所有　违者必究(举报电话:0931-2131306)
(图书如出现印装质量问题,请与我们联系)

追求尽善尽美

贺绍俊

赵胜勤从领导岗位上退下来了,但他对文学的热情丝毫没有退,相反,这把文学之火在他的内心是越烧越旺。他仍然在满怀热情地写作,优美的文字从他心底欢畅地流淌出来,一篇篇美文也不断地在报刊上刊发出来。现在,他把这些散文编成了一本书,读到这部书稿时,我既为赵胜勤高兴,也被赵胜勤感动。

我被赵胜勤对文学神圣般的热爱感动。文学对于赵胜勤来说,已经是他生活的重要组成部分,过去当他还在工作岗位时,哪怕时间再紧、工作再忙,也要挤出时间来读一读文学书,或者写一篇散文抒发一下心中的情怀。那时候读他的散文,我就从中读到了一个人广博的精神追求。他仿佛是要通过写作,让被工作羁绊的身心获得片刻的放松,让心灵在文学的天地里自由飞翔。等到退休了,工作的担子卸下了,赵胜勤的身心彻底放松了,心灵更加自由潇洒了,从他心里流出的文字也就更加纯粹。

阅读这部书稿中的散文,一个最突出的感受是,赵胜勤在写作中能够追求"尽善尽美"的境界。

"尽善尽美"是孔子提出的审美理想。《论语》记载,孔子欣赏音乐时对不同作品做出了评价,他评价《韶》是既尽善又尽美,评价《武》是尽美却未尽善。在孔子的心目中"尽善尽美"的音乐才是最好的音乐。当他欣赏《韶》时,因为被其打动竟"三月不知肉味",感叹道:"想不到欣赏音乐竟到了这种境界!"我没有问过赵胜勤,他是否特别赞成孔子的观点,他在写作中是否有意将孔子的审美理想作为自己追求的目标,但我在阅读他的散文时,能感觉到他在尽善和尽美这两方面都有精心用力的痕迹。所谓尽美,首先体现在语言文字上。他在文字上是讲究的,既注意文字的明白晓畅,不取那些生僻古奥的词语,又重视语言的优雅精美。其次在情调上,他努力营造一种明亮、优美、深沉、雅致的意境,在他的散文里,几乎感受不到颓废、消极、尖刻、冷漠、酸涩、嘲弄、孤傲等个人化的情绪,因此读他的散文我们会获得一种愉悦感和温暖感。他有一颗爱美之心,他的散文就是书写他在生活中所发现的美,既有亲情之美、人性之美,也有自然之美。可以说,这部散文集就是汇集了一支支美的奏鸣曲。所谓尽善,则是注重文章主题上的积极性和乐观性,以及思想意义上的正义感和道德感。在赵胜勤的散文写作中,尽善和尽美是相互融洽的,尽美不是唯美,而是为了更好地表达尽善,因此他所追求的美是有思想内涵的美。比方说,在《雪,我生日的天》这一篇散文里,作者由生日这一天的雪景而浮想联翩,行文非常潇洒,所想之处,无不关联着现实、历史和人生,他由雪景联想到古人以雪喻梨花的诗句,吟诵起苏轼的"惆怅东栏一株雪,人生看得几清明";由诗句"居俗世而自清"的含义而感慨我们今天应该怀着廉洁自律的心态。另外,还要看到,赵胜勤的尽善尽美并非为了美而粉饰现实,在他的尽善里同样饱含着对假、丑、恶的批判。但他的批判不是剑拔弩张、锋芒毕露式的,而是能够和谐地统一在尽善尽美之中。

其实赵胜勤对自己的写作是有着明确目标的,他在书中有这么一段话:"诗之美,在于自己不伟大,却用歌喉礼赞伟大和爱情;同时更用鞭子鞭挞丑恶。诗之美全部泼洒在这里。"这是他对诗歌本质(即文学本质)的深刻认识。他的写作又何尝不是朝着这个目标而努力的?这一目标不正是与"尽善尽美"相一致吗?

赵胜勤仍在写作,我期待他写出更多尽善尽美的散文。

2021年元旦

(作者为著名文学评论家)

目录

第一辑　亲情友情

无法告别的眼神　　　　　　　　　　/003

永不沉沦的爱　　　　　　　　　　　/007

为子不知母　　　　　　　　　　　　/011

小鳌馍的乡味　　　　　　　　　　　/015

雪，我生日的天　　　　　　　　　　/018

"我是父亲"　　　　　　　　　　　　/028

玩具与玩　　　　　　　　　　　　　/034

三地书　　　　　　　　　　　　　　/038

第二辑　行踪旅迹

戈壁滩，戈壁人　　　　　　　　　　/049

芳洲西溪边　　　　　　　　　　　　/053

青睐云窝　　　　　　　　　　　　　/057

目录

徜徉宏村的遐思	/062
森林溪谷记	/067
遥远的康桥	/071
贝加尔湖断想	/075
阿拉斯加旅游札记	/083
话说迪斯尼	/099

第三辑　感悟人生

欣赏与浅析　　　　　　　　　　　/111
　　——读胡占凡先生《临江仙·庚子鼠年立春》

人生在世欲何求？　　　　　　　　/115
　　——读昝福祥先生两首诗词所感

心灵的呼唤与倾听　　　　　　　　/122
　　——写在《观阁诗词》创刊十周年

目录

山水浑厚烟霞古　草木华滋雨露新　　/126
　　——在《黄宾虹与中国文化》雅集上的演讲

"道德"趣谈　　/136

侃过年　　/140

明月的遐思　　/147

思念是种萦绕　　/151

读书心语　　/154

附　录　　/191

后　记　　/205

第一辑

亲情友情

"出门看天气，进门看脸色"，人的脸色全部表现在目光上。目光清澈是内心纯洁的表现，人的笑容只是对目光的解释。曹雪芹是写"笑"的大师，一部《红楼梦》有太多的"笑"，但真正目光清澈的笑容并不多。

无法告别的眼神

深冬的夜晚,我突然从梦中醒来。

窗外,飘飘洒洒的雪片吞了白昼的阴霾,消融了浮躁的喧嚣。这是都市留给我的静寂。

静寂中,父亲的眼神有时严厉,有时慈祥,久久不能离去。不知为什么,您总是在静寂中来找我?眼神总是在我眼前闪动。

我醒过了神儿,猛然记起,您不是已经在地下沉睡了14年了吗?噢,您的眼神来找我,是要和我重温父子间的深情。我心中激起了强烈的倾诉欲望,想和您紧紧地拥抱,想让您的眼神伴我一生。

我是在您的眼神下长大的。

在您的眼神中：我正在收拾铺盖，准备去河西走廊农村当一辈子小学教员。我怯惧离开城镇的神情，您看见了，眼神中没有悲伤，目光充满了坚强，"去！"我的心紧缩了一下。

当我住进了医院，要做心脏手术时，恐惧笼罩着我，您来了，眼神中饱含着坚定，"相信医生！"我似抓住了一根救命的稻草。您知道吗？我现在需要一点怜悯。

人难免会有点攀比心理，周围的人有的升迁了，心里总有点不平衡，您淡淡的眼神提醒我："顺其自然！"我心想您就是胸无大志，但心态却莫名地有一点平静。

我在这个不大不小的位置上待久了，滋生出一种惰性，您看出来了，带着凌厉的眼神警示我："别油滑，莫伸手！"我潜意识地拒绝，一声也不吭。

当我大白天睁开了惺忪的睡眼，看见您，您问怎么啦，我说处理一件重要而紧急事情后又赶着写报告，两天两宿没合眼了。您的眼神好像在说："职责所系！"我感觉您像我的上司，不冷不热地评论着我的工作。

我期待地向您讨教儿女如何孝顺我。您说："要体会孩子的处境，他们是在看你怎样做！"我说的是孩子，您却在说我。

在生活困难的年代，我给您买了一件羊剪绒大衣，您用又欣慰又责备的眼神说:"既然买了,就先搁着吧!"是您怕再给我添加负担,还是冷落我的孝心。

1926年阴历五月初八,您出生在农村,爷爷在您2岁时就因病去世了。30多岁的奶奶带着伯父和您艰难度日。您经历过几个时代,饱受了生活的艰辛。您离休时享受着处级干部的待遇,却要到马路上挥动小旗,当起了"交通协管员"。用现代人的说法,您这是不会享受生活,可您的眼神中深藏着自己对生活的理解。

从我记事起,您对我总是话语不多,可一直关注着我成长的过程。您是要让我自己去体味生活。您那坚定的眼神,像是我成长路上的阻力,催发出我脚板底下的爆发力,送我走上万里行程。您那慈祥的眼神,珍藏着对我无限的爱恋和希望,让我感觉出背后有一座大山在支撑。在您严厉和慈祥的眼神里,我觉悟出:您是真正的父亲,又教给我怎样做父亲!

您赐予我严肃而慈祥的神情,与母亲的爱确实有很大的不同。您一生在修铁路、养铁路,感受过各色火车行驶的情景,却未曾感受过人在天上如何行走的情景。我给您买了一张飞机票,让您也坐一回飞机,您却嫌贵借口有事而放弃了。

随后,您在1993年冬凌晨去打奶而摔倒在冰上,造成了骨折,从此就再也不能站起来了。我悔恨没有兑现给您的承诺，心中充满着歉疚，您却说这叫什么歉疚！春节正是家人团聚的时候，我对躺在病床上的您说，那件羊剪绒大衣您还没有上过身呢。您却说："留给你和儿孙穿吧！我不需要你什么，只要你给我一份好心情。我可能活不了几天了，我手头那点钱够安葬我就行了。"您越是这样说，歉疚就越像一块沉重的石头压在我的心头。

  静寂中的相遇，一次又一次让我惊醒。父亲永远没了！而每次相遇都激起我与您心灵的交流。您那坚定沉重的眼神，像是在测试我，对生活刻度的认识有多深？对生活标尺的要求有多高？

  人的清醒唯有自觉的清醒。只有唤回人性中的良心，才能去回报您眼神中不时的期待。您给我太多的精神期望，其实我是无法回报的。我只有怀着对活着的母亲的责任感和宽容心，才能抚平心头的歉疚，才能在人生路上怀有一颗平静的心。

（2008年4月5日）

永不沉沦的爱

北京一场大雪，压断了青枝绿叶的树干。

腊月来得这么快，我想起了母亲的生日就在腊月，她已是一位80岁满头银发的老妈妈了。此刻，我想，或许母亲看到了家门口的列车停下，听到了掠过城市的飞机降落，她想："儿子该回来啦！"或许她也像古人一样，站在高高的山坡上盼望久出未归的儿子。

在我每次离家外出时，母亲总是像盼儿归一样，遥遥地目送着我，送出好远好远，直到看不见踪影，才怅然而归。她虽然大字不识几个，但心中却能激起母子分离时"白发愁看泪眼枯""此时有子不如无"的伤感。记得我第一次出远门，是上小学三年级。我家住在距陇西约二百公里的小站新阳镇，母亲送我到小学住校。母亲临走时，我送她到火车站。开车后，妈妈在窗内挥泪告别，而我却跟着开动的列车边跑边哭。时过五十多年，想到此景，母爱在我童年时大脑皮层中形成的沟回、留下的烙印是永不可磨灭的。

生活困难时期，我在天水上初中，我家又搬到铁路两个站之间的"半路工区"沈家河。每到周六下午我都翻过一座山梁，回家住一宿，周日下午再返校。母亲将园子里的柿子细心地保存很久，留给我。每次返校，她将节省的白面和玉米面炒成炒面让我背回学校充饥。还有一次，母亲从老家返回甘肃，在宝鸡车站转车时，用省下的盘缠为我买了一只烧鸡，但刚付了钱就被抢走了。母亲拖着小脚边追边哭，呼喊道："这是给我儿子买的！"上车后，母亲全身像瘫痪一样，几个小时都缓不过来。我常想，母亲的"边追边哭"和我的"边追边哭"是母子俩刻骨铭心、永无停歇的爱啊。

岁月那么漫长，盼啊，盼啊，盼了近二十年，总算是盼到了团聚的一天。她眼不花、耳不聋，每当我回家时，她在房间就能听出我的脚步声，赶紧过来开门。后来，我调到北京工作，这又是一次远离家乡。母亲已经七十多岁了，眼睛还不错，但听力却渐渐下降。她知道我是"公家人"，忍痛地放我走了。离别时，她拉着我的手，深情地望着我说："往后见一次少一次了。只要有空，就回来看我一眼。"我的心颤抖了一下，眼泪唰地流下来。听妹妹说，我走后没几天，她就常问小外甥女："你舅舅已经去了几个月了吧，怎么还不回来看看？"

每当孩子们唱起《世上只有妈妈好》时，我眼里就浮现出母亲的形象。母亲对孩子的爱是世界上最慷慨的爱。她最关心的是我的身体，常对我说："大富大贵都是身外之物。健康是福，平安是福。"母亲经历过几个时代，饱尝了人间的苦难。她心甘情愿地承受任何劳苦，却不需要子女任何回报，唯一的期盼是希望子女能多陪陪她，与她一起唠唠家常，以排遣晚年难耐的无边寂寞。

母亲对子女的要求是十分低的。可作为儿子，我都没有让她满足。因为她与妹妹住在一起，莫名的寂寞可能会减少许多。她现在学着许多老人的样儿，经常在外面散步，并学会了打麻将，与老人们一起玩，有了一些欢乐，也使脑筋活跃起来，心态就平静下来，生活也有了情趣。现在，我每星期都打电话跟她说几句话，虽然她听不清，但听到我的声音也很欣慰。

人生苦短。母亲为了儿女甘愿把自己的一切都化成烛光，一步一步搭设台阶，架桥铺路。在我上学时，父母省吃俭用，每月竟给我寄二十元钱，用来吃饭、买书。可路就桥成，恰是儿女放飞之时，最后只剩她一人"茕茕孑立，形影相吊"了。古人云："人生七十古来稀。"如今，母亲八十生日，我内心充满着激动和幸福，再忙也得请假抽空去陪陪老妈妈。

偶闻有虐待父母之子，令人百思不解。孔子曰："子欲养而亲不待。"想尽一份孝心，而来日不多，怎能不孝呢？人过中年，世事缠身，纷扰心绪，如能沉浸在母爱之中，不也是人生的一大欢乐吗？

（2003年12月3日）

为子不知母

大海边的椰林，周围见不到一个人影。海，有灵性地向岸边送来一条条白色曲线，传出有节奏的"哗哗"声。在两棵椰树之间，拴上吊床，我蜷缩着身躯在吊床里慢慢晃动。此刻，只有此刻，我排遣了惯常的烦恼和喧嚣，获得了一份属于我珍爱的精神宁静。蓝盈盈的苍穹下，除了海在动外，还有绵羊白的云彩在动，我感到身上的精气回荡着父母的呼吸，耳鼓的薄膜跳动着母亲的软语。

我成长在大漠戈壁，但南国风光的冲击，把我带入了异样的享受之地。类似这样的享受，我每每想起远在大西北，曾受过人间苦难而今年已92岁的老母亲，心头就有一种负罪感，觉得这种享受像一种奢侈，顿时便失了精神。我要逃脱，只有找到母亲，请她来享受，我才能解脱。我让娘躺在吊床上，背依着沉沉大地，仰望浩浩苍天，观赏茫茫大海。我轻轻摇动吊床，让娘也慢慢摇动。悠啊，悠啊，悠哉，悠哉……娘像婴儿不知不觉地享受着，我像稚童趴在吊床的绳沿边，向娘问天有多高，地有多厚。

"妈，您就跟我去那边玩玩吧！"娘说，人老了，再不能走南闯北了。历尽人生坎坷的娘啊，拉扯我们兄妹五人容易吗？现在已高龄不能大范围活动了，她不想跟我去游玩，但能看得出她心底总藏着什么。

去年，是父亲去世20周年。我们兄妹商定，清明节不管在哪工作，都要回到故乡，去父亲的墓前祭奠，追思怀远，传承亲情。母亲对我们的想法十分欣慰。但事到临头，母亲突然提出："我也要和你们一起回老家。"她言之凿凿，"你们爸去世时就说我年纪大，身体不好。我当时没回去。现在你爸都走了20年了，我都不知道他躺在咱家坟地的哪个角呢？"母亲的决定，让我们惊愕。为了劝阻母亲，兄妹间的手机联络就没断过。"这么大年纪了，从兰州到新乡再到农村，千里跋涉，车马劳顿，再加上今春早寒，如有个头痛脑热咋办呀？"母亲虽有主意，但经过一两天的劝说，不知谁和她说了些什么，竟然接受了我们的意见。她从抽屉里拿出500元钱交给四妹说："这个带给你们平温哥（母亲的侄子），就说是我给你们姥爷、姥姥点香烧纸用的钱。"

晨昏更迭，白驹流逝，清明很快就到了。就在兰州的姊妹们准备回老家时，4月2日一个平常的下午，母亲坐在沙发上想要呕吐又吐不出来，如此反复有半个多小时，妹妹一手抓住她的手，一手拍着她的后背，试图帮她将想吐的东西拍出来。最后当娘吐完胃肠的食物时，手心手背开始发凉，眼睛已经紧闭。等救护车赶来，母亲的心跳已经成了心电图上的直线。

母亲在人间的言行消失了，她眷恋着自己的根源，她要去找爹，一块儿去寻找比南海还要远的乐土仙山。她没把我们撇下，她给我们母子、母女的亲情，已在阴阳两界化成了一座坚实的桥。

我们是再也吃不到"妈妈味"的胡辣汤了，但妈妈给做的每一口汤水，像一股股爱的暖流，流进血管，直达我们心灵深处。

我们是再也穿不上妈妈做的鞋子了，但妈妈的爱能让我们踏稳步子往前走。从学步开始，穿着妈妈做的鞋学会走路，因此衣食所需依赖妈妈，言语举止模仿妈妈，直至我们心智的成熟也有赖于妈妈的诱导。我们从小的娇憨，给过您凄苦脸上的笑容，那算是我们的回报。当我们混沌时，也曾给过您多少气愤。我们就是在挨过您的骂，甚至挨过您的打的母爱中，忘却了那些年的生活艰辛，享受着平淡的人间幸福。

　　我躺在吊床上，婆娑的椰林送来徐徐海风，一轮夕阳沉入海面，天色开始变暗，远处的城市已是一片灯光了。我看见了母亲自言自语的身影，听到了她的灵魂向上苍倾诉："我做了当母亲应做的事儿，我该做的都做了。"我清醒了一下头脑。记得一年前，请母亲来这里玩，享受大海、蓝天、沙滩的想法，跟母亲的心愿相比，真是太惭愧和太浅薄了。儿女对娘的回报像燃烧的麦秸，一阵儿就熄灭了；娘对儿女的恩情，就像眼前那一片灯光永远闪耀。

（2015年3月12日于三亚）

小鏊馍的乡味

乡味，家乡的味儿，伴随着老榆树上蝉的鸣叫声，渐渐融入苍茫的黄昏。那时农村没电，只有我们几个孩子打着灯笼顺墙根儿找蝎子，期望能到药铺换点零钱当学费。当妈妈喊着我的乳名让我回家时，这声音打破了天籁的寂静。妈妈又喊"吃小鏊馍了"。香味儿挑逗着味蕾，我撒欢儿似的跑回家。贪吃好玩是我的童真和天性。

生我育我的豫北老家，几乎家家都有小鏊。生铁铸成的小鏊，中间鼓肚，锅沿凸出，三条腿放在煤火口上，沉甸甸的圆盖子往锅上一扣，妈妈就开始摊小鏊馍了。我看着油光发亮的小鏊，吃着焦黄酥脆的小鏊馍，心里好像也多了一份宁静。

摊小鏊馍只能用煤火。太行山一带出煤，我们的炉灶大都是烧煤的。炉灶是用土坯垒成的，在院内的草棚中。到了冬季，天寒地冻，就在屋内用砖垒成半身高的炉灶，既可取暖，又可做饭。在炉灶的膛口上，砌着一个生铁铸的圆口，这圆口非同小可，如果没有它，膛口嘴越用越大，膛内聚不住火，火就都四散了。做饭尤其是摊小鏊馍，火不可太旺，也不可太小，掌握火候就靠这个小圆口。所以，炉腔的左边或右边都有和湿煤的地方。挨着炉灶的是一个土炕，当妈妈摊小鏊馍时，我总是呆呆地盘腿坐在妈妈对面的上炕上。

小鏊馍味儿香，在于搅玉蜀黍（玉米）面糊要掺进盐、葱花、姜末及蔬菜。我家住在平原，妈妈就常用萝卜丝、芹菜、南瓜花和荆芥等，到了夏天还有最爱吃的马齿苋。到过年时，把玉蜀黍面换成白面，再打上个鸡蛋搅在面糊里，那小鏊馍吃在嘴里香在心里，那个筋道，那个香，真是天下美食中最棒的。

蹉跎之间，时光飞逝。时隔几十年，妈妈摊小鏊馍的情景常在眼前浮现：妈妈往小鏊里倒入少许油，如果锅底太干，就把缠在筷子头的棉花球往油碗里蘸一下，再在锅底上抹一次油。油刚见热，就用勺把搅好的玉蜀黍面糊舀到鏊里，盖上盖子，这时就能听见小鏊里吱吱的声响。等第一次揭开锅盖翻馍时，香味开始蔓延。到翻烙两面后，一张黄灿灿的小鏊馍出锅了。小鏊馍得趁热吃。这时，我嘴里吃着热乎乎的小鏊馍，解了馋瘾，香味又飘散出来，飘满屋子，飘出屋门。这香味是家乡的味儿，是妈妈的味儿，就像妈妈的爱滋润着我，缓慢、从容和悠长。

长大成人后，我离开了家乡，历经艰辛，虽也吃过饕餮盛宴，但总想吃充满乡味的小鏊馍。我立誓要回趟老家，让自己吃个够。但世上常有不顺心的事儿，我和家人说："今晚就吃小鏊馍吧。"兄弟们回答："现在很难找到小鏊了。"后来，在故乡的宾馆饭店里吃到了小鏊馍，但它不是用煤火做的，而是用煤气炉做的，总不是家乡的味儿。如今，要想吃到乡味，是很难寻找到了。小鏊馍，那伴随着我整个生命的乡味，只好尘封在记忆里。

（2017年4月13日）

雪，我生日的天

要么庸俗，要么孤独。

——叔本华

（一）

雪，入冬后还没见雪。今天是我的生日，雪下来了。

雪兆丰年，对于农耕民族来说雪寄托着对来年丰收的期盼。不过现在和以前不一样了，年味越来越淡。在外打工的人忙着回家过团圆年，就是为了吃顿团圆饭、找朋友喝一场，完事。城里人呢，前几年单位还发点年货，造点年味，如今廉政这事抓得挺紧，单位也不知该搞还是不该搞，拿不准，干脆免了吧。有子女的还在上班，到大年三十前一天才放假。这不再像以前家家户户办年货的时代了。

我们老两口，生日都在腊月，孩子得给你过一下，但没几天又该过年了。孩子上班挺忙，还得记着家里这点事儿，要是忘了，老人脸色就不好看了。反正这屋里屋外都由他们张罗吧。我呀，只吃闲饭，不管闲事，生日过不过无所谓。

生日天，就是个平常天，只不过当年地球上多了我这个生灵而已。我站在阳台看看天气，天色有些昏暗，估计下不了雪，就照常去家门口的柳荫公园遛一圈儿。袖珍收音机往口袋里一揣，踏着音乐走在公园的路上，就像踏着弯曲的、静静的贝多芬小路。可不，这是北京城唯一的山村野趣公园，有春、夏、秋、冬四个景区。任你在高大婆娑的柳树下沿湖散步，也可漫游于灌木丛中，还可爬上小山鸟瞰蒹葭芦苇、野鸭戏耍……眼前的景致似《田园交响曲》揽我于她的怀抱，精神上获得了安宁。这第六交响曲带给我的是啾啾的鸟叫，潺潺的流水，洁白的飞雪……崇高呀，大自然崇高，"崇高"二字仿佛是对大自然的景致量身定做的。当然，要真正体会百年前贝多芬这个"乐圣"《田园交响曲》的曲味儿，去维也纳聆听最好。说起来也算幸运，一个偶然机会我去维也纳做了一次音乐之旅。

在此之前我去过德国波恩探寻了贝多芬的出生地，也沿着一条弯弯曲曲的"胡同"小路，找到了贝多芬的诞生地。说他平凡，其实他与常人没什么两样；说他不平凡，就在于他的人生情怀、人格风骨和人性伟大叫人惊叹。

贝多芬（1770—1827）22岁时离开波恩到了维也纳，在那里住了35年，直到去世，享年57岁。值得庆幸的是我曾在维也纳音乐厅听过他的《命运交响曲》。当厄运敲门时，"咚、咚、咚、咚"的音乐在耳边响起，悲壮的旋律，激昂的呐喊，似在检验着你的意志和定力。心灵被震撼，而嘴巴已笨拙得不知怎么言说。满脑子只有"阳春白雪，和者盖寡"八个字。这是百年前的音乐作品，其巅峰如今有谁能超越！

贝多芬一生创作的九部交响曲，正像广场上贝多芬雕像周围的九个小天使，给人们送来了战胜悲怆哀怨的勇气。人们常说："人生不如意事十之八九。"那就听听贝多芬吧，面对大自然、面对田园、面对命运及悲伤等，他用音乐来开导和启迪你的人生。

我站在小山岗上，迎面已经飞来星星点点的雪花，天色变得更暗了，看来真要"天欲雪，云满湖，楼台明灭山有无"。往远看去，湖面布满了浅浅的云雾，楼台西山像有点影子，再细瞧又什么也看不见了。北京城就这样慢慢地融化在小雪降临的烟雾里。

俯视小桥旁一片蒹葭，心里想着蒹葭蒹葭，口中念着蒹葭蒹葭，眼前的画就像耳边流动的音乐，耳边的音乐又是眼前流动的画。其美，就像听贝多芬《田园交响曲》那样，既欢快又沉思。要问我为何这么偏爱蒹葭？是因为我对诗的爱好是从这儿得到了启发。"蒹葭苍苍，白露为霜。所谓伊人，在水一方。"这是《诗经》中我最爱的一篇，我还专门查过不少书籍和资料，为的是看看历代文人是怎样解读这首诗的。记得大学文学史课上，问过老师："这首诗的内容指的什么？"老师解答得"越说越远"，我听得一头雾水。同学们倒说那不就是篇爱情诗吗？时过几十年，如今我常在公园小桥走过，在蒹葭绿荫下乘凉，《蒹葭》前四句，一般说来前两句写景，蒹葭是长在水边茂盛的芦苇，秋季便长出白花花的芦花。晨练走过这里，一大早芦叶、芦花上已打上了一层如霜的白露。这里没有扁舟，也没有鸬鹚，来到这儿有一种扑朔迷离的诗境。后两句写人，不是两情相悦，而是"我思"的伊人在水的那边，那边还挺遥远。其诗后边更写道："溯洄从之，道阻且长。"可见要会见伊人不仅是遥远，还有不少的艰难。单相思这种"距离"的营造，无疑产生着"距离美"。就像现在人说的诗与远方，是因为远，诗才产生美。诗，如果被身边琐事纠缠，美感会大大降低。因此"我思"的过程就是追求的过程。这个过程"可望不可即"，是一种永恒的缺憾，更是一种无言的美丽。与其说这是一首爱情诗，倒不如说是人生对理想的追求。这才是人生真正活着的意义。如果有人真的把爱情描述得绝对美满，不仅贝多芬的交响曲中有哀怨，就是文人笔下生花的创造也不能离谱太远。

蒹葭与《蒹葭》诗造就了柳荫公园之美，可每到入冬之前，公园工作人员却把长满小桥两边的蒹葭从根部全部割断。我问其故，答曰今年割掉，明年长得更快。如不抑制其蔓延势头，它会把湖面全都占满。我弄不懂是这里人造的一池水，还是天然长的蒹葭更吸引人？不过有一点，这里本不是谈情说爱的地方。坐在蒹葭旁双人靠椅上的恋人，太近了，早都背离了《蒹葭》诗的初衷，"距离美"早都远走高飞了。

（二）

这时，雪花开始下得紧起来。我下了山岗，坚持沿湖走一圈。都晚饭后了，冒着雪来这遛弯儿的人倒不少。他们步履匆匆，我因雪下到地上便成了水而生怕滑倒，走得比人慢且小心翼翼。有老人埋怨，这路面怎么非要用不合常理的光滑瓷砖来铺，怎么不考虑"适老化改造"用防滑材料呢？要说节约吧，光马路边七横八歪遭人破坏的小黄车都浪费了多少钱！经过短缺年代的人，知道什么叫心疼。但据说要把这些被砸的崭新的自行车送到废品收购站，运费比自行车成本还要高。

　　雪，真的下大了。大片儿大片儿的雪花，飘洒到我的眼镜上，直至我的视线模糊，黑色的羽绒服上已是一层白花花的雪花。公园里有几座坐落在湖边苍翠松竹之中的四合院，老百姓称为"园中园"，可公园立的牌上写着"又一村"，看来很有文气，抓住了诗特有的理趣自然也就抓住了人。"又一村"来源于陆游的《游山西村》诗，"山重水复疑无路，柳暗花明又一村"是全诗的诗眼，被钱锺书说是"题无剩义"了，已成了妇幼皆知的名句。可却少有人知道这"村"，本是写作者心目中的农家村。眼前的这"村"，四合院高墙之内青砖灰瓦一种富贵的派头。在北京城内"寸土寸金"，这别墅竟然建在公共地面的"公园"之内，可见其"牛"得不同一般了。院门紧锁，不事先通报是不得入内的。在"又一村"旁，造景时栽了几根木桩，为象征性的柴门。我行走到柴门处，真的"联想"到"柴门闻犬吠"的诗句，但下意识产生一种排斥情绪：什么柴门，值得那只狗叫嘛！噢，突然想起公园内不准遛狗，那这高尚的"柴门"内要养条狗，北京人会投诉到市政府的！

　　在这"村"内，大片的雪往下下，雪沉积在竹枝和竹叶上，压弯了竹子的身躯，煞是喜人。雪，在喧闹了一个白昼之后，进入了沉静的属于自己的"雪夜"了。而我这个"风雪夜归人"毫无归家之意。我想在这儿观雪、赏雪、玩雪、吃雪……面对这漫天大雪，我突发奇想，古人把春天的梨花比喻为冬季的雪。我却在此时吟起苏轼的《东栏梨花》，倒有一种把雪比喻为梨花的感觉。是，冬季来了，春季就不远了。他的后两句："惆怅东栏一株雪，人生看得几清明。"东坡先生怀着惆怅的心绪，对着那一株如雪的梨花，居俗世而自清。我们不正应该怀着廉洁自律的心态，对着这洁白无瑕的雪花，居俗世而斥污垢，并管好自己的子女，这也算是一种保持"晚节"吧！

天越来越黑，雪下得越来越紧。我想在这儿多待一会儿是不行的，公园规定晚十时要清园。只得回家在阳台上再欣赏一会儿雪的夜。雪夜能消弭白日的喧嚣，在这静谧的夜晚，望着雪花在黑夜的光明处，舒展广袖，秀出多姿的舞态，心情自是怡然。

（三）

第二天清晨，我拉开窗帘，站在十七层的高楼之上，看着眼下柳荫公园完全是白茫茫一片。已封冻的湖面，雪下得那么平展。一层一层的柳树，由于品种和枝条走向不一，而负载着不同厚度的雪。雪，凝天地之灵气；雪，洗濯污染和污垢，给人一个清静洁白的世界。

我微阖双目，伫立在这里，独享这寂寥的时光，默默想着，鲁迅说得好，雪"是雨的精魂"。飞雪落到花间是无声的，这不就是静雅吗？而由烹雪成水来煮茶，那不叫清醇吗？我的一股书生气来了，把1973年人民文学出版社出版的《红楼梦》和1994年甘肃人民出版社出版的《红楼梦》找来，一对比，在同一回出现了两个不同的标题。两套书都是以乾隆五十七年（1792年）程乙本为底本的。可1973年版本第四十一回题为"贾宝玉品茶栊翠庵"，而1994年版本题为"栊翠庵茶品梅花雪"。噢，原来如此，前版说贾宝玉在栊翠庵这个特指的环境品着茶；后版说在栊翠庵品的是梅花雪水煮的茶。饮茶首推喝什么茶，再说在什么环境用什么水是否优雅。那哪句好呢？只有让品茶人去评说吧。不过书中对栊翠庵一笔带过却对梅花雪专有几笔，写到给宝玉斟的一杯茶就是用雪水泡的。妙玉解释说，这水是五年前收的梅花上的雪，共一瓮，总舍不得吃，埋在地下，今年夏天才开瓮。而"宝玉细细吃了，果觉轻浮无比，赏赞不绝"。在此，我也得为妙玉点赞，这个极其聪明的女子，借天地间最美好的意象，赋予茶以独特的魅力，成了中国文化中不可或缺的部分。还有一点，据科学分析，雪水中所含酶化合物比普通水多，每天喝一两杯雪水，可使血液中胆固醇含量显著降低，能防治动脉硬化症。

有文化又有科学原理，何乐而不为？想到这儿，我带了两个小盆下楼去公园取雪，打算烹雪煮茶。我正要下楼，老伴发话了："你取的雪不干净，都是大气污染过的，再说你又没有火炉，人家烹雪用的是柴薪不是煤气灶。"说得我又开了一窍儿。

年轻时折腾自己，却一直找不到心灵。如今七老八十了，加上今天是生日，心情很是安静。还有什么宏愿吗？有。在心灵的角落找一个僻静的地方与上天悄悄地许下自己的心愿，这就是我的梦想。是让自己拥有的那点物质永存，还是让自己长寿呢？其实这世界上没有任何东西是不毁灭的，存在只是虚幻的表现，唯有精神是永存的。对亲人的牵挂和思念永远深藏于心灵深处。唯一能做到的是在心灵深处与逝去的先人敞开心扉说说知心话儿，没有丝毫的掩饰和顾忌。就为这个，人老才要动，动就有一切。要在力所能及的情况下，做点家务，花点心思制点小吃，给生活增添点情趣。但我不怎么赞成刻意去锻炼身体，搞得疲惫不堪，那叫"劳民伤财"。古人只是散散步和舒展筋骨，便达到了锻炼目的。前不久我看到楼宇烈先生一篇关于养生的文章说，北大哲学系的老教授们没有刻意锻炼，放宽心情，心无块垒，从家走到办公室，很少坐车，随意走步，不刻意拉长寿命，他们都活到八九十岁还好好的。据说，这是北大教授中年岁最长的群体。我心想这搞哲学的人可能都得到了什么"真传"吧！以此，我独坐茶桌前，心想余生宝贵，得学学北大哲学系的老先生们，想喝普洱还是明前龙井，都随心而定。就是没有这些，寻其他茶也行，不都是为了个芬芳吗？水为茶之母，因现在空气质量不佳不能"烹雪"，只能用矿泉水或过滤的自来水来喝，如想用水的"精魂"，那就买瓶"雪域雪水矿泉水"（看清是真货）那就更好。器为茶之父，用透气的紫砂壶，泡一壶香茶，再捧一本所爱的书，听着美妙的音乐，这不就是繁华落尽之后，留下的静雅生活吗？

生日的天，是雪，而又不能"烹雪煮茶"，真是一种遗憾！只能期待人们去净化空气质量达到饮雪的标准后，大家每天喝一两杯雪水，身体棒棒的多好啊！

小时候，常听老人说："干冬湿年。"这下好，冬季下了场大雪，成了"湿冬干年"了。过了生日，就快过年了，到时就不怕踩泥巴把新鞋、新衣服弄脏了。

（2018年腊月）

"我是父亲"

父亲节，一个外来的节日。据说，民国时期曾把8月8日定为中国父亲节，八八念起来是"爸爸"的谐音。近些年"父亲节"悄然兴起。不管咋说，过个父亲节总会勾起人们对父辈的敬仰与回忆。

当了一辈子父亲，看着孩子成长，他们也有了孩子，代际循环，生生不息。想起来有些自豪，但也有惭愧。说自豪吧，实际上是"阿Q"式的自豪；说惭愧吧，倒是真正的惭愧。

那是三十多岁时，算我幸运，单位配我一辆旧的"三枪"牌自行车。

周日，我可以"开"着车去我的父母家，去黄河边，还可以去雁滩和东岗……这些活动都是全家出动。当然平时要是用玉米面去换"钢丝面",那就我一个人"开"车到张掖路就行了。

出发前,我的车大梁上坐着两个女儿。前面是小女儿,她双手抓住车把。她后边坐着大女儿,双手紧紧搂住妹妹的腰。我的专车缓慢启动,我在驾驶位上坐稳后,双手握住车把,车子慢慢走动。我媳妇抱着小儿子一抬屁股就坐在后货架上了。这时,我一踩"油门",车子"嗖"地在马路上飞跑起来。

今天往哪去?这得由我说,因为我知道我当了父亲,这个家的方向由我掌握着。那时兰州城市还没那么多"交通规则",但我首先得给他们一种"安全感",这是我的第一责任。其次是全家得有饭吃,哪怕吃差点,妻子也把好的先给孩子,然后才能轮到我。谁让你当了爸爸!就这样我把握方向朝着一个向往的目标前进!

这说是"开车",其实是"拉车"。说累,也真累。说不累,全家在苦累中乐呵地走过来了!

别用我当年的"三枪"与孩子今天开的奔驰、奥迪相比,当父亲的不就是为了让孩子比我过得好吗?

我就是在这样的文化环境中长大,同时也在这样的环境中支撑着家庭,教育或影响着子女。

我是父亲，孩子的启蒙教育我是主心骨，也是孩子终身教育的承担者。一直以来我被一种文化熏陶着，只知"这样"而不会去想"那样"。在孩子面前"言教"极少，更没有什么精神上的交流。我只知道承担家庭"后勤保障"的责任，但就这一点我也没"保障"了。当时我虽然不知艰难困苦是根由，但我觉得苦难不值得讴歌！能让我欣慰的是人性的光辉撒播在儿女心上，使得子女身上遗传着我及家族的一些思维和行为方式，或许这是天性中的遗传因素吧。

我是父亲，家庭的困难和孩子的困难，只能靠自己解决，别人的帮助都是极其有限的。在这种情况下，我只觉得这是当父亲的悲哀。天生的责任你不去尽责谁尽责，家庭和孩子所必需的你不去办谁去办。小家庭五口人，住满共不到30平方米的房子。连一张简易小桌子都买不起，求人做了一个可以活动的小圆桌，吃饭时支起来用，平时拆开立到墙角。放学后，三个孩子趴在小圆桌上做作业。生活艰难只能靠节省度日，妻子节衣缩食，为家庭添置了一台缝纫机，首先解决了她当妈妈做衣服的问题。干完了活儿，将"踏线"拿掉，"机头"就势放进了"箱子"，整个缝纫机变成了一张小桌子，就可以让孩子趴在上面写作业。我"权威"发布，按年龄谁大谁趴在这儿写作业。这是我激励和鼓舞孩子的一种方法；对孩子来说，渴望能趴在缝纫机上一人写作业是最舒心、最幸福的事！

　　作为父母，总是把希望寄托在子女身上。尤其在我人生低谷时，更把希望寄托在子女身上。我懦弱却希望子女强势，我无才却希望子女有才，我……我深陷在无限循环的圆圈中。因为我小时候就背负着父亲对我的希望，于是我就"理所当然"地把这种希望"传递下去"。常言说："一母所生，个性不同。"同一个家庭，有的天资好点，学习容易浮躁；有的专注技艺，做作业却爱打瞌睡；有的善于模仿，把父亲的工作当成自己的爱好。我就用毛笔写一首唐诗，作为孩子描写的"仿影"，让他们一遍一遍描摹，磨炼心性。同时也隐含着父辈给我的影响："字是人生的门面。"人与人交往的第一印象往往是从看你的字而联想起的。孩子们的作业由妈妈全程盯着检查。我的主张是让他们从小形成自觉的习惯。当时我并不懂那么多的教育理念，但有一条要他们先做人，然后再做事。或许是"棍棒下面出孝子"的传统教育在作祟，或许是急于求成恨铁不成钢，孩子小时候常常被当面批评训斥。孩子幼小心灵上自然烙下父亲严厉的印象。那时候我家省吃俭用，攒了几年的钱，买了个九英寸黑白电视机，只有周末才能打开，平时是不准看的。因为这一切都是为了让孩子专心学习。我不知子女心目中怎样看我这个父亲，是平庸还是威严？没想到的是在这小圆桌和缝纫机上趴着写作业的孩子，竟出了三个大学生。孩子上大学也有其缘由，一个一篇作文上了《小学生报》得了奖，由此激发学习热情，成绩一直不错，从初中到高中，再到大学一路"绿灯"保送；一个被北京高校录取；一个想改变职业，奋起直追，两年后考入湖北本行业高校。孩子们高兴于外，当父母的都把辛酸的苦水默默咽下。家文化的核心是牺牲自己，成全家庭。

我是父亲，直到我也成熟时，才星星点点知道些西方启蒙的知识。一个人从小要形成自己的人品和人格，父亲的性格竟会影响子女的性格。父亲太权威，竟能影响他们对社会产生一份怯懦。家文化形成的家国情怀，把家放在国前，可见家庭尤其父亲不能不成为主导者。要让孩子摆脱父母"爱"的束缚，就得创造平等协商的家庭氛围。试想父亲一点权威都没有，与"不懂事"的孩子平等协商能"商量"出什么结果？不知这是两难还是"二律背反"在纠缠着中国文化。老子曰："治大国如烹小鲜。"如果这条"定理"成立，而逆定理在这里似乎也成为"烹小鲜似治大国"。试想，先贤们先知先觉，博采众长，把"不愿做奴隶的人们"作为国歌，由国民唱下去，唤醒民众，才有今天国民自觉实现中国梦的宏大愿景。

有人戏说："年轻时想要改变社会，中年时想要改变国家，最后这一辈子连自家都改变不了。"前年生日，也就是下大雪的那天，我也戏诗一首："岁月蹉跎成旧篇，人过七十不稀罕。我与儿孙共成长，夕阳普照满青山。"其中"我与儿孙共成长"竟与网传好文的"先知书店"不谋而合。多数父母说："最伟大的教育，是与孩子共同成长。"把父亲单向度的物质供给，或以爱的名义强制孩子改为双向度关系，共同学习，共同进步，这便奠定了平等、共生的和谐关系。

我是父亲，当时是学童的子女，现在都已是四五十岁的人了，无论他们工作是否有成就，是否是"兵头将尾"，但他们都是社会的中坚力量。想知道今天社会的样貌，看看他们的样貌就是了。

我是父亲，这是一种"养不教，父之过"的自我"豪迈"而已，一种令人啼笑皆非的自豪。

（2020年12月）

玩具与玩

维维,一个不到七岁的孩子,正是玩的时候。她依偎在我身旁,亲昵而又胆怯地说:"爷爷,明天陪我去美术馆画画好吗?""好啊!"她立马一脸灿烂,噘着小嘴,抱着我的双颊亲了一下,蹦蹦跳跳地去玩她的玩具"花皮狗"了。

美术馆在六月我国文化遗产日为儿童和暑假的孩子送去的一份大礼,策划了"大器'玩'成——中国美术馆藏民间玩具精品展"。孩子们跟着老师参观了整个展室。我在旁留心观察他们,孩子们看得很认真。不同省、市展示的各色布老虎最招孩子喜爱,还有摇头红狮、美猴王、状元及第等。对这些手工做的布玩具,他们都充满未曾有过的惊奇和喜悦。

这些孩子的父母多是都市的新移民，孩子们生在医院，长于都市，哪见过这些奇异的民间手工玩具？

民间玩具带有浓厚的农耕时代印记。看着维维画得那么专注，玩得十分开心，我不由自主联想到自己童年玩耍的情景。我出生在乡下，整天泥土不离身，哪有什么可玩的玩具。头上戴着妈妈做的虎头帽，脚上穿着虎头鞋，再大一点后就自寻快乐了，这在当时我已经感到很幸福了。直到前年，我领着儿子、儿媳和维维去兰州探望88岁的老母亲时，老母亲把珍藏了六十多年我曾戴过的虎头帽送给他们时说："送给你们吧，留个念想。"我站在一旁，心想这一针一线都寄托着妈妈对我的爱，心里一酸，热泪流出眼眶。孩提时代，"哞哞"叫的老黄牛、"咯哒咯哒"唱歌的老母鸡，都是我临摹的对象，只不过不像维维这样看布玩具一眼，在纸上画一笔，而我在纸上画的老黄牛、老母鸡形象早都印在我的脑海里了。我儿时有个希冀，就是在杏树下把落果的杏肉剥掉，把杏核埋到土里，希望它发芽后和我一起长大。我最开心的事，是自己做一个火车头。因为村子就在铁道旁，一过火车，我就跑到屋外，不管是货车还是客车，我都目不转睛地盯着，想看出这个庞然大物的秘密。再加上爸爸在铁路上工作，平时不回家，偶尔回来一次，穿着制服，一排金灿灿的纽扣，手里拿着卷着的红、黄、绿的旗子，不知干什么用，心中更有不解的迷惑。我用硬纸卷成一个纸筒，上面粘上冒烟的烟筒，下面衬一个纸盒，左右贴上剪好的车轮，用墨汁涂成黑色，火车头就做成了。这乐趣再美不过了。小小的我把兴趣化成理想，虽不知世界有多大，但只想将来当个铁路工人就能走很多的地方，那该多好呀！在当时，蒸汽火车这新鲜的事物，也激发了我童年的好奇心和兴趣！

兴趣凝聚成情结。长大工作若干年后，我曾负责过一段铁路治安工作，下站段，走村镇，访职工，问农户……不知哪来的那么高的热情，后来这条路段竟然还受到有关部门的表扬。我曾反复追问自己，是童年那个自制的火车玩具，被自己感动的生命才有了精彩，还是玩具培养了兴趣，兴趣指导着人生？

人来到世间，有的年少精彩，有的壮年精彩，有的老年精彩，精彩只是生命的一瞬，有个健康健全的心智，快快乐乐也就足矣。玩就是快乐，玩贯穿一生。正如梁实秋所描绘的："小时候玩假刀假枪，长大了服兵役便真刀真枪；小时候一角一角放进猪形储蓄器，长大了便一张一张支票送进银行；小时候玩'过家家''搀新娘子'，长大了便真的要娶妻生子成家立业。"现在我们已经进入了信息化时代，如今孩子的玩具也五光十色，互动游戏、卡通漫画，还有高智能的玩具，与我当初玩的是大不一样了。但像维维这样的孩子，我们当家长的不能期望她现在画画，将来就能成为画家，关键是要让孩子在玩中找到适合自己的兴趣，要培养孩子的综合素质，在玩耍中塑造性格。当孩子告别孩童时代，走进成人社会时，应像王蒙所说："人最重要的就是要多有'几个世界'！"你可以随性而为，玩经济，玩笔杆，玩股票，玩古董。只要玩得适度，何尝不是一种人生的收获？只要玩得精当，就是一次成功的生命之旅。

（2012年8月7日）

三地书

姥爷给安妮的一封信

亲爱的安妮：

　　当我看到你手捧鲜花的高中毕业照片时，一股少年才女的英气，震撼了我的心魄！万里之外的姥爷眼中噙满着激动的泪水。回头想去，十八年前你刚刚出生不久，在我去多伦多转机时的温哥华机场，你爸妈用小车推着你，那是我与你见的第一面。这一面就是我们爷孙俩注定的亲情缘分，令我永生难忘。

宇宙时空无限，人生时空短暂。十八年来，你在爸爸妈妈和爷爷、奶奶、姥爷、姥姥的呵护下，茁壮成长为一个十八岁的大姑娘！

如今，你要迈进大学的门槛，真是可喜可贺！或许你对这所大学并非完全满意，可世上也有不少人没有进入大学，他们后来的人生却是有所作为、有所贡献的。世上一切，事在人为，全靠自身的努力。更何况你考上的卡内基梅隆大学，是全美所谓"新常春藤"大学之一。

上了大学，就告别了童年、少年，进入人生的青年时期。这个时期是人生的黄金期，也是人生的一个坎坷期。因为你对社会的认知还准备不足，各种思想、人事等都会向你袭来，需要你来甄别、吸收。在学习知识的同时，逐渐在头脑中形成自己的观点和看法，开始形成人生观、世界观。大学期间，作为一个女孩子一定要保持自立、自爱、求知、上进的精神状态。

上了大学，意味着独立生活的开始。在此之前，上学车接车送，放学就有现成的饭菜，而现在吃喝拉撒一切都要完全自理，这是一个很大的转变。可别小看这生活中的琐碎细节，细节决定成败！

姥爷是年过七旬的人了，身体不好，我们虽然常用视频交流，那到底与面对面交流是不一样的。由于客观条件上的限制，我们不能见面。因此，我还是信奉文章"经国之大业，不朽之盛事"（曹丕语），使用手写的书信，向你说说心里话。

人的生命不管有多长，在历史长河中，都是过客。人世间有各种各样的学问，唯有人与人之间的关系这门学问最复杂，而这种关系又无法回避，必须面对。因此，我送你八个字，希望你认真思索，记在心间，并努力实践。

诚信：诚者，真实、诚恳；信者，信任、证据。诚信就是为人处世诚实无欺，信守诺言，言行一致，表里如一，要做个坦坦荡荡正直的人。

宽容：对待任何人都要学会原谅他人的过错，做个大肚能容之人。

谦卑：面对困难，不屈不挠，谦虚上进，满而不溢，做个不卑不亢的人。

感恩：你去年给我的一张贺卡上写着："姥爷：小时候，您牵着我的手，带我看世界。现在我长大了，我会拉着您的手，去欣赏更多的美景。"这种童真的语言，就是你发自内心感恩的话语。滴水之恩，涌泉相报，做个充实快乐的人。

你虽是加拿大国籍，但你身上流淌着吴家的血，赵家的血，中国人的血。按这八个字做，这就是你的处世之道。

人无法掌握自己的天命，或许我看不到你大学毕业头戴学士帽的情景！但你只要读懂了我以上的文字，我自会在另一世界感到欣慰。

我亲爱的安妮，随信给你汇去一点零花钱，算是压岁钱。愿你平安、健康、快乐！

努力吧，孩子！学会珍惜，美好的世界属于你！

姥爷赵胜勤

2020年7月1日于北京

姥爷给京京的一封信

亲爱的京京：

2020年，从公元纪年上讲，前后两个相同的数双音节相叠，好写、易记、上口。这是一个让人永记的年份，一个难以忘怀的年份，也是你高考的年份。

在你高考准备、应试、等结果各个阶段，全家人都在关注。最关注你的人除了你的爸爸妈妈，毫无疑问还有姥爷和姥姥。你的身上流淌着刘家和赵家的血液，姥爷对你关注是亲情使然的！

我们盼呀盼呀，终于盼来了大学录取信息公布的时刻。八月十七日，你妈妈在家庭群上说，刘芷若被北京工业大学物联网工程专业录取了。

北京工业大学是"211"大学，全家人都为你感到高兴！

你从这次高考成绩实际出发，选报志愿的院校和心理期待大体一致，所以你应是心满意足了。

即将迈进大学门槛，那么大学生活应该怎样度过呢？

实践证明，光学一门专业作为立身处世的根本是行不通的，也就是说上大学绝不是进了专业培训班，培养出来只能是个熟练的"匠人"。进大学应该是把自己塑造成一个名副其实的"综合性人才"。大学学一门技艺是不够的，也是不行的。希望你通过大学学习来塑造更好的自己。我觉得只有把握好做人的方向盘，做事、做文章才能在正确的轨道上运行。因此，姥爷想与你说几句心里话。我用脑思索，用手写作，把我的话写在信笺上，以后你如想看看姥爷的笔迹时，那恐怕应是弥足珍贵的！

我想到了蒙田，他是法国文艺复兴后期、十六世纪人文主义思想家、作家。他的主要作品《蒙田随笔》，对我做人、写作影响很大。

他说过一句话："我需要三件东西：爱情、友谊和图书。然而这三者之间何其相通！炽热的爱情可以充实图书的内容，图书又是人们最忠实的朋友。"蒙田这位被历史公认的大家，他的话既是人生经历的提要，又是哲理高度的提炼。爱情——爱中包含着男女炽热的情感，爱中包含着血缘的亲情，爱中包含着对人的大爱；友谊——谊就是交情，友谊就是处理超血缘的人与人之间的关系；图书——这是人生必不可缺少的部分，没有书读，生者为空壳，所以要读书、读人、读世界。人生有了这三件东西，就没有白活。我想你能遵循这位贤人的话来做人，你就是名副其实有思想的人。到那时，你是继续专攻学问还是谋职就业，你都是好样的！

你应抓住大学的美好时光。时间不会辜负你的真挚，同样也不会饶恕你的诡计；时间不会亏待你的付出，同样也不会偏爱你的懒惰。

当你上大学时，姥爷送你一些零花钱，权当作对你考上大学的奖励。这是一个老人对下一代的殷殷期望，是姥爷对你的人生叮嘱。

姥爷一番话，像一篇在讲大道理的文章，还是一片深情的心意呢？

亲爱的京京，大家庭中的成员们都期待你迎来人生的辉煌！

姥爷赵胜勤

2020年8月18日于北京

爷爷给维维的一封信

亲爱的维维：

　　中考前，爷爷和你通话，要你保持一颗平常心，沉着应对。你记住了老师、父母、祖辈的叮嘱。

　　八月十六日，你爸爸把中考结果告诉家人，得知你被北京市重点高中——北京五中高中直升班录取，大家都沉浸在喜悦之中。九年来，你从戴上红领巾开始，就踏上了一条立志向、修品性、练本领、勤奋努力的攀登之路。如今，你胸前闪闪发光的团徽，凝聚和展现着九年来丰硕的成果！你是一个让人欣慰的小女孩呀！

　　岁月长河，白驹速逝。回想你上小学时，作为爷爷我内心充满着快乐和幸福，但幸福之中也有苦涩。我发现岁月在不断更换你的书包，书包越来越重，书本越来越多，而玩耍的时间却越来越少。本应是玩耍的年龄，却被无端的额外负担挤占。快乐的童年才是塑造人生、健全性格的关键。我可以预期，未来的高中生活，你肩上的书包可能是人生中最沉重的。爷爷深感你们这一代人，成长的"成本"太高，成长太不容易。我们无力去改变社会教育，但自己要把握好成长的阶段。在成长阶段中，保持快乐成长的唯一办法是，把学习、读书当成"玩"，从而去享受学习、读书的乐趣。今后的三年高中生活，是你人生中关键的阶段，玩的时间会更少。因此，你必须对玩耍有个清醒明确的认识，绝不能去"读死书"，做书本的"奴隶"。要把读书当成"玩"，要在完成作业的同时，去涉猎更多的东西，扩大视野，活跃你的思维，寻找最适合自己的兴趣，提高自己的综合素质，塑造自己的性格。这样你就会多有"几个世界"！

你正处在人生的花样年华，这是一个最美好也是最短暂的阶段。"黑发不知勤学早，白首方悔读书迟"，你绝不能放手让它走过。在学习方法上，要学会"预习""自习"和"复习"，让基础知识更为扎实，融会贯通。在交友上，要与人为善，与有良好习惯的同学打交道。在高中阶段做到自爱、自重、好学、上进。

今天，爷爷写这封信，就像爷爷拉着你的手，把你送进高中的大门，再次嘱咐你："珍惜时光，无悔青春；理想远大，胸有定力；刻苦勤奋，品学兼优。"

爷爷已是七十又五的老人了，身体欠佳，谁知能否看到你高中毕业高考的情景！爷爷最大的心愿，就是在有生之年，希望看到你不管在哪儿，都能快乐！

  为了鼓励你取得的好成绩，送你一些零用钱当作奖励，愿你平安、健康、快乐！

  努力，维维加油，美好的明天在等候着你！

爷爷
2020年8月6日

第二辑

行踪旅迹

> 爱旅行的人悟得明白,长的是人生,短的叫旅途。旅行中能遇到那个更好的自己,正栖居于诗意大地。

戈壁滩，戈壁人

前面是大漠，背后是大河，南北是大山，中间是浩瀚的戈壁滩。

我曾是戈壁人的一员，听说过雄奇的传说：很久很久以前，大戈壁曾是嶙峋的怪石，在大海翻腾的时间里，天鸟将怪石孵化成卵石，抖落在大浪淘沙的温床上。突然有一天，时间把细沙的睡床骤然隆起，大海向东流去。于是这里取名戈壁。卵石成为戈壁的伴生儿，永远留驻在这里。

一次次我迎着狂风，敞开胸襟，去审视戈壁和卵石，去诵读大戈壁的苍凉和壮阔。面对严酷的环境，封闭的地理，我向大自然询问什么呢？

人类最初的道德是否来自这里？

当地群众接待了我们。我曾为了生计在戈壁行走，多次经过村落，全村老小把我围住，问这问那。

"吃饭没有？"

"没呢！"

于是有人拿来馍馍，有人干脆拍着我的肩膀说："走，到我家吃去。"

在荒无人烟的戈壁，车坏了有人帮你修；驴饿了有人找草料；人病了有人会把你领进家里照顾。他们想，在戈壁一个人有难了，没人帮咋办哩？帮，能让你脱离绝境；不帮，就是把你置于死地。

或许城市人会嘲笑土得掉渣的戈壁人的憨傻，但当我走出那里再回望他们时，才发现那一个个血肉丰厚的人，以厚为道的厚道，竟如此美丽！

我曾多次遇到大风狂暴肆虐，土坯垒的院墙被推倒，房顶上的横木被吹的满地跑，甚至树木也被连根拔掉。这时没有组织，没有号令，人们本能地聚在一起，手挽手，身贴身，筑起一道道"防风墙"。这时我体悟到，何谓同生共死，何谓相扶相助。因此，当我无论走到何处，只要听到戈壁人的声音，就会与他们聚拢在一起，叙说那生命与鲜血、汗水与意志铸成的经历。

人类最早的精神情感是否来自这里？

地窝子顶上绑着玉米秆，再压上一层沙土保暖，这是戈壁人的住所。沙暴袭击，地窝子上堆起一堆堆的沙堆。黎明，梭梭柴已燃成白灰，睡时戴的帽檐上结成一串串冰晶。

在这被称为世界风库的地方，感知自我才是一切。手掂着一块卵石，只觉得与它相比自己的生命如此轻薄和渺小，顿感一种凄凉和感伤。男人的心渴望着慰藉，女人的心渴望着慰藉。就在这时，爱情悄悄降临，渴望的心交融在一起。尽管情人的言语只能短暂压住门外狂风的吼声，与残酷的世界抗争。这时，我才读懂了哲人的隽语，爱情只是人类无望人生中唯有的救赎，是人在无边沉沦中本能地呼号。

这是一个雁过不留声，人过不留名的世界。日月转换，春夏秋冬，人们在窝棚的房檐下，送走了一个个类似的太阳，迎来了一个个不同的月亮。

人类对死的阐释是否来自这里？

古长城的边墙，散落着建筑者的白骨。秦时的明月，汉时的光，照亮过卵石堆砌的英雄雕像。无边的戈壁，飘飞着放逐的灵魂。死，或许是被掩埋在流沙深处，或许是被秃鹫啄吸了血肉。

死在这里，是悲壮？是伟大？还是渺小？

我顿然醒悟，每个人都怀有最大的人生意愿，他们要么是怀着理想来这里寻找归所，要么是否认了人间的规则，捍卫了自己内心的准则。

面对死，有谁还不激起鞭策的力量呢！

流逝的时间无处寻觅，只有卵石陪伴着戈壁。它像时间的赋形，记录着一代青年艰难困阻的经历，又记录着一代青年磨砺意志，追寻生活的心路。

大戈壁太深奥了，真让人难以读懂。昔日，戈壁人遭受过贫穷的煎熬，在剽悍中展现过刀光剑影。而如今，绿洲上琳琅满目的商品，戈壁深层埋藏的宝藏，让现代人享受着恩惠并倍觉荣光。

（2008年11月30日）

芳洲西溪边

如今，在推进城镇化进程中，城乡一派砖瓦嘈杂声。要寻找南国"水软橹声柔，草绿芳洲"的宁静很难了，何况哪有城市中的水乡和芳洲？

仲夏，告别西子湖，向西行5公里，忽逢一片湿地，"芳草鲜美，落英缤纷"。同游者都为之惊诧，疑为梦境。

杭州就是梦，就连王蒙都说，杭州是他的梦中情人。我也乘一叶摇橹小舟，在"一曲溪流一曲烟"中，去追逐自己的梦。

这里河道纵横，因处武林山之西，得名西溪。有诗云："千顷蒹葭十里洲，溪居宜月更宜秋。"惜哉，错过季节啦！

然而，我们的小舟在芦苇中，轻轻摇荡，河水那般轻柔，似江南才子柔中有秀，润物芳洲细无声；芦苇的叶子沙沙地抚摸肩头，和着轻柔的声，似百年老樟树下古戏台传来越剧的浅唱。如痴如醉，竟忘掉了"错季"的遗憾。"不以物喜，不以己悲"那是心存志向的仁人，而我是一个因物悲喜的常人，触景生情，便生发出对世界和人生的别样感受。

小舟在河道中漫游，我指要去秋雪庵。明知看不到"西溪芦雪"的景致，却偏要寻觅那一派野趣，这是我的最爱。我家门口有一公园，园中有一小湖，湖边也长着一丛一丛的芦苇，野鸭也常在这里嬉戏休憩。就这点"盆中之景"，竟让整天在水泥丛林中奔忙的城市人奉为至宝。我最不开心的是嫌芦苇面积太小，可又想，那谁让你居住于人满为患的城市呢！

小舟钻出芦苇，只见一片孤岛。登临草庵，满目青翠的芦苇中，"扑、扑、扑……"惊起数只飞鸟。瞬息飞鸟又钻进了芦苇荡，秋雪庵恢复了宁静，静谧的像夜，撩起我儿时的回忆：我曾以为芦苇是竹子的雏形，叶子修长，叶像竹叶，身似竹身，身如空心。随着年龄和阅历的增长，才从儿时懵懂的幻想中走出，恍然觉得芦苇与竹子截然不同。

社会的认知，受到了文人的影响。文人们给竹子以太多的美称，不惜笔墨写下了大量诗文。而芦苇因明代才子解缙有副对子"墙上芦苇，头重脚轻根底浅；山间竹笋，嘴尖皮厚腹中空"流传下来，谁也不会让它挤入诗文殿堂。一到冬季，文人又把竹与松、梅并称"岁寒三友"，作为叙怀言志的代表，这时的芦苇早已"人老株黄"，文人怎能取"丑陋"来作为谈资呢？

微风吹动，昨夜一场小雨洗濯莹翠的芦苇，像海一样卷起波浪，一圈圈涟漪使我心潮荡漾，芦苇现在已经够美的了！要是去梦想秋天的"芦雪"，那肯定会比现在更美。国人看景有种说法叫"看景不如听景"，而我说"听景不如梦景"，因为梦是人的理想。一丛丛芦花，像雪花晶莹剔透，又似婀娜多姿的哈萨克姑娘头顶的羽毛在摆动。秋风一来，"雪浪"起伏，"须晴日，看红装素裹，分外妖娆"。芦苇也有可爱之美！以往只见芦花轻浮之状态，看久了才看到芦苇柔性之中有阳刚。她不与竹子比美，不追逐虚名，不要人类呵护，在大自然中找到适合自己生存的环境。她不去追求高贵与尊容，凭借着自己的柔性在盖房时任劳任怨承担泥瓦之重。

水软芳洲西溪边，站在滩头，欣赏大片芦苇起伏舒展，它不仅给我美感，还使我想起不要去攀比竹子的长青。忘记自己将死，意味着不认识自己。你看，一丛一丛的芦苇，早知"一岁一枯荣",以己之力,尽其所能,粉身碎骨还去做纸张,供文人和学子享用,岂不乐哉?

(2010年11月22日)

青睐云窝

窝,太俗。配上云,叫云窝,是云把窝脱俗升华到高雅的境地。

云窝,是云诞生的地方,是云腾飞的起点,是云休憩的场所。

奇峰林立,怪石峥嵘,阳春三月的清晨,沿着青山绿水的小径走向云窝。过了问樵台、碧漪亭便进入云窝。云窝底部开阔,南边有九曲溪流过,四周丹霞岩峰像蜜蜂筑巢一样有许多洞窟。进入"卧云洞",岩石上躺着一位"美人",她是一段轻云,袅袅婷婷,娇柔睡卧。我静静欣赏,不敢惊动,舍不得离开。在一个硕大的洞口,看到从洞口吐出的白云,白云出生后就想去看精彩的世界，我在洞口的岩石上依稀看到"嘘云洞"三个字……云呀，竟如此奇妙，慢慢滋生，又慢慢挤满了洞窟，方才溢出，在云窝周围慢慢形成云海，轻扬弥漫到群山万壑。蓦地，一阵细雨，看不清云海在消失，还是在升腾。雨后初霁，站在云窝，仰望湿漉漉的云海变得苍茫和凝重。那云像画家的笔墨，泼洒在发黑的沟壑。这时我像一位孩童在沉静思索，那云像是羊群在游荡，又像是骏马在奔腾，我又像一位诗人在倾吐心中的歌。太阳的霞光要钻出地平线，我大汗淋漓地登上天游峰，俯视乌黑的云渐渐隐去身影，薄纱般的云凝集成乳白色且富有质感的大海。海在漂移，连岩峰也在游动。我躁动的心开始沉静，这云不就是梦吗？云在天堂，天堂是梦；梦在冥想，冥想是云。

明朝有位兵部尚书叫陈省，看透了官场像沙漠一样干涸无水，干脆来到这个有山有水能生云的地方，建了生云台、停云亭、巢云楼、栖云阁……把对云的理想依托于亭台楼阁。斗转星移，后来竟有人写成文字雕刻在摩崖上，让人去读他的"心经"。就在我面对云窝"壁立万仞"的巨幅题刻时，才感知这里的云有壁立的底蕴和万仞的气魄，其壮哉，醒我人生归去来兮！

晨曦初照，彩云向南飘移到九曲溪的上空。我乘坐竹筏在峡谷中欣赏大自然的鬼斧神工。溪北云窝飘散出一朵朵彩云，招引我看它云卷云舒，却忘记了岸边的花开花落。正在这时，一条云龙如烟如雾从水里钻出，带动龙身跳跃在水面，沿着峡谷，顺水奔涌。奇观！惊喜之余，联想到历史上的一位哲人，在这里唱响的《九曲棹歌》，他就是朱熹，用诗歌记下了美景和感受。还有那峡壁的丹山摩崖上，留下他神韵超凡的"逝者如斯"如椽巨笔，这些把我带进了对自然、人生和社会的深刻思索。光阴啊，像流水逝去，他却捉住专属自己的光阴，在这里潜心修学，不徐不疾，首建紫阳书院又建白鹿书院，他举办的"朱张会讲""鹅湘对讲"大开文脉，阐发出哲思光辉，成就了孔孟之后的理学。或许是他得益于云所幻化出的人生意象和生命感悟，才有了对人生的大彻大悟。

  我被环绕的云雾引领，想去追逐山泉的声响，想去闻一闻岩骨馥郁的花香。沿着九龙窠溪水的欢笑声，走向峡谷深处。一阵小雨，稀疏洒下，又是那云窝的云和撒在这儿的雾，是想挡住我的去路？不，我与同行的朋友很执着，撑着雨伞，按照路牌，想去看看岩骨花香的究竟。天一会儿晴一会儿雨，雨一阵儿下一阵停。雨停了，天晴了。只见峭壁上长着几株高大的茶树，枝叶繁茂，很是可爱。所谓岩骨花香，原是长在深山石缝中的茶树。传说有位上京赴考的举子，路过此地腹痛难耐，天心寺和尚以这茶为药治好了举子的病，后他竟然考中状元。他来感谢和尚的救命之恩，和尚说，救你的不是僧家而是茶叶。状元想看看这是何等茶树，当见到这些在岩石缝内的茶树，心生敬畏，随后脱下身穿的红袍披盖在茶树上，以表感恩，"大红袍"由此得名。

走进"兰韵茗"，伺茶姑娘就是来自大红袍故乡的茶农。农忙时种茶、护茶、采茶，农闲时在城市开茶馆、卖茶叶，这是此地农民的写照。

因为饮茶不仅解渴，常喝茶更能体会出茶文化的韵味。我虽没有那么高雅的追求，但太粗俗的饮法我也不与为伍。我曾在茶馆见到身着旗袍，胸无点墨，举手投足便露了馅。这种伪高雅连我们客人都感到尴尬。眼前这位姑娘，朴实庄重，举止大方，很受朋友们赞赏。她说，茶价现在炒得没谱，这一斤所谓珍品大红袍，价格都上万了。我不会宰人，给你们个合适价，好好用"心"品一品其中的味道。"这茶味儿怎么品？"我们问她。

她说，品茶要进入"五境之美"：一茶美，要云雾缠绕的岩茶；二水美，要山泉之水；三火候好，用100度水冲泡；四茶具好，用透气性好的紫砂壶；五环境美，空气清新，花木繁茂，要有鸟儿鸣叫更好。哈哈哈，大家说这五境之美还真的难找全呢！

喝茶、品茶，一下打开了我们的话匣子。朋友对我说："您喜爱写作，要有这儿的环境，肯定思如泉涌。"我品鉴着茶的色香味说："这环境如此诱人，我可能什么也写不出了。"我身居闹市，房价同比这茶价不知高到哪去了！有个容身小屋能放个小桌和电脑写作就不错了。太优美的温软反而让人安逸疲沓起来。朱熹是驻客，我是暂客。朱熹把这里的环境化成了自己的灵性，把这方水土情结融化在灵魂里。

一番闲聊，引起了新的话题。不知是茶好，还是水好。朋友端着茶盅问我，这茶叫大红袍，还有何值得玩味的深意？有的说是感恩，有的说是不能忘记过去。据我观察，如今人们用两种思维和行动，生活在两套话语体系中。一方面在显社会上班，讲着重复的故事；一方面在潜社会活动，聚会、聊天、上网、饭局上讲的故事无所不包，让人不可思议，但又觉得千真万确。社会走到了这样丰富、复杂、矛盾的境地，充满着怪诞、起伏又隐含着深刻含意。被禁锢的个人欲望释放出来，助长着五光十色的娱乐和消费，又无度地扩张着人的本能——贪婪和欲望。在生活中，面对权力不做忍气吞声的乞丐，面对名利不做摆设的花瓶，就像这盅大红袍那样清纯，固守着本有的品味。

古人雅士对品茶有甚多"之宜"之说，而我觉唯有"清流白云之宜"最为难得。今我等能在云窝品茶，也属人生快事。忽有朋友低声吟咏："溪边奇茗冠天下，武夷仙人从古栽。"这是范仲淹留在这里的佳作。

（2012年8月7日）

徜徉宏村的遐思

静静的青石板上有多少人健步走过，清清的南湖拱桥上承载着多少人的期望，幽幽古巷留下多少人的身影，潺潺水圳诉说着曾经的喧闹与沧桑……这便是位于皖南黟山下的宏村，一座如画如梦的古徽州村落。

宏村很美，美得壮丽，美得纯洁。如果登上雷岗山遥望，就能望得见远古的悲怆，就能品得出历史的沧桑。无论你来自都市还是乡村，站在这里你绝不会无动于衷。它会令你眼界大开，心境开阔。而于我，宏村是众里寻它千百度的美丽相遇。在这座与自然浑然一体的牛形村落中，我享受着诗的美景，聆听着美与自然的对话。

这里本没有村落。南宋绍兴元年，汪氏家族几经辗转，依据祖先"枕山环水"的遗言，在这里找到了一汪永不干涸的清泉，建起了东西两条河流环抱的居所。到了明代永乐年间，七十六祖为规划村落，又请来了风水先生，他"遍阅山川，详审脉络"，看宏村的地理形势像一卧牛，便按"牛形村落"开发。牛是农耕时代的图腾，是村民须臾不可分离的伙伴，而水则是人类的生命之源。于是，凿清泉为池塘，引西溪水为补充，成为"牛胃"，通过两个出水口建成纵横交织的"牛肠"。这"牛肠"便是九曲十弯的水圳，它穿堂过屋，绕过家家户户的门前，发挥着饮用、淘洗、灌溉、洗浴等功能。原本是生命之水，融注了文化便成了活生生的生命，增添了山水的气韵和灵动。我站在隔岸，瞭望这被称为"月沼"的池塘，耳边似乎听到600年前七十六世祖妻子胡重娘那铿锵有力的话语：花开则落，月盈则亏，我们只能挖成半月形池塘。言已尽，而意无穷，我看到了于无画处凝眸成"半个月亮爬上来"的妙境。奇美的震撼，荡涤了头脑瞬间没有了拥挤游人的喧闹，心灵找到了宁静。我陷入了思考，心想世界上或许没有任何一个民族像中华民族那样热爱寄情于山水了。看到那些在岸边写生的学生，想到了中国竟有那么多画师，他们的笔下所描绘的山水，不仅仅是为了作画，还是中国人最重要的精神支柱之一。我依靠在一棵古树下，无法远离这山与水的身影,细细欣赏着诗意江南:远处的山,竹林如海,飞瀑奔泻;眼下的粉墙黛瓦,倒入湖中,一幅永也看不够的水墨丹青,深深镶嵌在时光深处。漫步在小巷里,抚摸斑驳的墙面,静静地走进千年风雨,思绪在时空驰骋,去聆听哲人在远古水边的对话。一个说:"上善若水,水善利万物而不争。"一个说:"逝者如斯夫,不舍昼夜。"这是老子与孔子对水的密码的解读,那般的浑厚、莫测;那般的高尚、实用。它揭示着一种精神,这种精神是属于我们民族的。

我曾参访过徽派民居,砖木石雕向我诉说过建筑的完美和精细,层楼叠院、高脊飞檐展示出古民居的气势和宏博。而今,信步走进承志堂大门,让我惊诧的是迎面耸立着一扇威仪的中门!这是"家"还是官府?中门也叫仪门,本是设在官署的,而房主汪定贵是清末盐商,经商发财后捐了个"五品同知"的官衔,便在家中增设了一道具有官家威严的中门。他仿照官署的规矩,中门只在重大节庆或达官贵人光临时才打开,普通客人只能从中门两侧的边门入内。我也从侧门进入,只见侧门上方别出心裁雕刻了一个"商"字形图案,它暗示"不管你是从事何种职业,到我家来都应从我商人的脚下走过。"细看这"商"字图案又像一个硕大的倒挂元宝,上门的客人像滚滚财源,在招财进宝。这位民间富商,煞费苦心地又在中门上高高挂起一个"福"字,说明无论官也好,民也好，幸福是永远追求的目标。深谙借物寄情，又能直白人生的徽商，或许这就是历数百年不衰的原因！进入承志堂大厅，顿感岁月的辉煌和沉重。这里曾因水圳流过，多了这块三角形空地，工匠们便在仅有2100平方米的地方，建造了有136根柱子、60道门、60扇窗、9个天井和7座阁楼的3000平方米的建筑群。尽管导游强调这些涂饰的梁栋当时就用去了100余两黄金，折合170万人民币，但岂不知黄金有价，而整个厅堂上下，窗棂内外，梁柱东西，仪门左右，无处不是无价的木雕世界。在众多精美木雕图案中，随眼看到在一段小小的横梁上，雕刻着《百子闹元宵》，百子百态，神情各异，凝望时那些顽童仿佛在梁上蹦蹦跳跳。这时，我没有想到黄金的璀璨辉煌，而想到的是工匠大师的心灵在跳动，看到的是人的精神世界在飞升。看着这一幅幅图案，像是在翻阅着岁月，翻阅着一部文化智慧的巨书，它不仅让我感佩不已，更让我发现用金钱来衡量艺术是多么的贫乏和渺小。

来到优雅纯净的南湖，即使没有泛舟湖上，踏上拱桥也能体会水墨江南的风采。我沿湖踱步，举目水天一色，倒影浮光，在幽深与雅净、清新与明丽中，联想到江山美人，便发出人生之感叹。如果白居易和苏东坡能活到明代，他们在寻美中会发现山水之美不仅在西湖，更多的是在黄山脚下，他们会把吟诵的绝世佳篇留给南湖："水光潋滟晴方好，山色空蒙雨亦奇。欲把南湖比西子，淡妆浓抹总相宜。"让我们永远咏唱。

在这个弥漫着古典韵味的村落中，坐落着南湖书院，它自古以来就是培育士农工商人才的摇篮。明朝末年南湖北畔就建了六所私塾，称为"依湖六院"。清嘉庆年间，花了四年时间，将六院合并重建为一所规模极大的私塾，取名"以文家塾"，又叫"南湖书院"。我依次走进志道堂、文昌阁、启蒙阁、会文阁、望湖楼和祇园，仿佛看到了学子们每天膜拜孔子牌位后便入座读书、会文切磋、作文赋诗的情景。身在书院，看到众多的旅游者来这里，他们无非是想要沾上点文化的味道，希望自己摆脱愚昧，告别无知，多一点高尚，成为一名文人雅士。

走出书院，来到村口，最抢眼的是两棵500年苍劲的枫杨和银杏。树冠像两把巨伞长在"牛角"上，维护着农耕时代的"牛形村落"。是啊，农耕文明在世界工业文明进程中慢了一大拍，但它也偶遇了一种意外的庆幸。村民们心甘情愿地居住在这坚固如初的民宅，为我们保留了这块历史的家园。如今，在建设美丽乡村时，只有它用古老文化的因子，发出自己的话声！

（2017年11月于北京）

森林溪谷记

居住闹市，是因生活所迫，心情总是免不了些许浮躁。如今已是退休老人，栖身一片森林，跳出千尺红尘，浸透我的是渊深的宁静。

千亩森林之中有个大湖。入夜，人居的房屋一片灯火，在围绕湖区的小径散步，只有蛙声从草丛钻出，打破林中的寂静。清晨，我走出陋室，沿园内的石砖，在花丛中一步一砖地数步。一缕阳光，轻风拂面。一棵棵紫荆花树上，一团团紫红色花束摇曳生姿，一丛丛花团锦簇的三角梅、使君子、金银花在微风中摇动。路边的竹林中有"吱吱吱"的声音，驻步端详原是竹叶蝉翼儿在抖动。蚀骨销魂的静，让我忘掉了去处。我在问，我是一个久居城市而又嫌吵闹的俗人，到森林中做不觉寂寞的隐士吗？

　　林深不知处啊！我信步走到湖边，湖泊四周已有星星点点的钓者。我想到明代那个玩世不恭的才子解缙曾写过"数尺丝纶垂水中，银钩一甩荡无踪。"知道钓者不同渔翁，钓者在于乐，渔者在于食。湖边有个船坞，水中有用绳拴着的一只乌篷船，想在这里营造出"江南水乡"的氛围。坞台上有个庄周茶坞，唤你三五老友闲坐茶坞，或品茶，或悟道，闲聊渔舟晚唱的情怀。伸入水中的坞台上偶有书家笔墨展示，在这"江南出才子"的地方，我也大饱了眼福。那水墨流年，不问人生几何，不管世事沧桑，只管静静地守一份自己的素雅，在暗香里蔓延成一丝婉约，浮躁的心便在风轻云淡中豁然开朗。有位作画的老者说，自己退休后过着"不知有汉，遑论魏晋"的日子，在心如止水中一点一滴淬炼自我。我只觉得他境界高出常人，便说："老兄，我对画画一窍不通，今天拜您为师，教我两手好吗？"他大咧咧地说："兄弟，我看咱俩年岁差不多，拜什么师！老年想学画从头学起为时晚矣。你有自己的知识、阅历和修养，这就是高度，学画画就从你的高度起步吧。这就叫山顶取水，找个铜盘'奉天承露'。"与君一席话，打开了我的视野，世间最深的学理原来在"奉天承露"中啊！这湖泊，是一条涓细的小溪流汇聚而成的。

雪，我生日的天 ｜ 068

逆溪流而上能看到人们将它一段一段截成大小不一的湖泊。我沿湖向上便见一块湿地，有野鸭、白鹭等在这里起居和玩耍。湿地中还竖有大雁的雕塑。我已在此居住五年有余，未曾见过有大雁飞过或是曾在这里栖息过，这难道又是在造景？知之为知之，不知为不知，不敢妄说。湿地上也有一较大湖面，可能是湖水较深呈现一派墨绿色的水面，赐名"砚溪湖"。湖上架着弯曲的栈桥，有人在草棚中博弈，也有人在用扑克"争上游"，其乐并不在说。正当我不知处在何方，溪流的哗哗声提醒我，去源头看一番风景吧！

越过一座桥，这座桥伸向溪流低谷，又转向彼岸高处，恰似一道半圆形的彩虹，名曰"彩虹桥"。

沿溪流继续向上，来到最后一座桥。桥边并无标志，只有一块巨石上面刻着"中国结"三个大字。走过"中国结"这座桥，穿越竹林小道，便是溪谷风光。只见一大一小的水车立在流水之中，让人眼睛一亮。岸边榄仁树下，有说不出名字的枝枝黄花弯腰亲吻水面，像一对对情人在热恋。在多彩飞逝的生活中，唯有那轮水车是不动的，我无意去追索水车暂且不动的原因，却与主人不知怎的聊到：他现在就是一门心思挣钱，没钱哪来幸福？

小路悠悠，蜿蜒在跌宕有致的溪谷里。小路两旁成行成排的别墅群，在阳光、森林、云海、溪流的相互辉映下，恰是人间一幅如梦如画的风景。

　　溪水源头是从山上流出一股清澈的泉水，它不知流了多少年，在这里被人们拦住去路，造成一个人工几何圆的大水池，人们赐它"小天池"之美名。天池边是相对宽阔地面，除两株婆娑的椰树外，还有一片槟榔树林，林中散落着涂有白色钢筋做成的高大鸟笼，从门进去有一圈座凳供人休憩。"莫放春秋佳日过，最难风雨故人来"！

（2018年1月18日于三亚）

遥远的康桥

一个地方，两个名字。它叫康，浓烈的书香；它叫剑，科学的锋剑。它有一条最秀丽的河，河上有许多耐人寻味的桥，故叫康桥，又叫剑桥。

八十年前，诗人徐志摩写下了《再别康桥》："悄悄的我走了，正如我悄悄的来；我挥一挥衣袖，不带走一片云彩。"柔美的意境，留下了幽怨的情愫，唤醒了青年们久蛰心中诗的灵感。八十年后的康桥，意境依然优美，幽怨早已消去，留下了来自遥远国度的学子。在我读书的年代，脑海中曾有过一闪：到康桥走一遭，一瞻它的风采。我知道那只是遥远虚渺的梦想和奢望。如今我真的来了，踩着优美的诗韵，"轻轻的我走了,正如我轻轻的来;我轻轻的招手,作别西天的云彩。"六十年的岁月,才了却了平生的夙愿。

来到这里你才能感受到,其实宁静才是康桥的风格。康河在这里兜了一个圈,像十万人口小城的环城河。我曾沿河散步浏览,也曾站在桥上仔细端详,这条河宁静得像一位腼腆的少女,又像一位学富五车的长者。你看,清澈的河水中,弯腰的垂柳亲吻着她害羞的笑脸,顽皮的游鱼衔着一条条水草,那是学者额头上布满的皱纹。

康河这条环城河,像一条护城河,护卫着右岸一座座学院,护卫着中世纪的古香古色,护卫着左岸迷人的绿树红花,护卫着散发温馨的田园。我在葱翠的草坪上散步,也在这天然织锦上歇息,看到的依然是几十年、几百年不变的景象:有的学子在树荫下读书,有的躺在草坪上仰视长天行云,还有的匍匐在草地吮吸着康河的甘露。置身其间,英格兰乡间的风情,展示出春之梦,夏之爱,秋之实的画卷。就是到了隆冬,绿草依然嫩得让人怜爱,强得让人敬佩,待到漫天飞雪时,还有红梅独俏。这永无侵犯的静美,无时无刻不在释放着激情,释放着爱。清晨散步,可伴粼粼波光;黄昏絮语,可观朗朗明月。兴致即来,或小舟轻渡,或漫步河畔,或折柳轻谈。徐志摩与林徽因在这里曾相会,他们踩着泼洒下来的月光和雾,在康河岸边漫步。正是宁静得柔美,才有才子佳人的孕育，才有诗人、哲学家、科学家的诞生。

你还会感受到书香是康桥的气质。宁静和书香，在这里像孪生姊妹相亲相抱，又像同胞兄弟相投相拥。在每个学院，都有一座教堂，古老、神圣和肃穆，大学城凭它增添了古雅平和的魅力。康河上的撑船人，有的已满头白发，有的是朝气蓬勃的青年，除了长竿点水，衣衫裙裾的飘动，还能听到鱼群喽喋的挑逗声。静美明净的图画，给了拜伦构思诗章的灵感。牛顿拖着疲惫的身躯走出实验室，踏上小船走过数学桥，在美丽的田园释放压力获得轻松，获得了总结出力学定律后的喜悦。凯恩斯也许在阡陌的小路上激发出创新理论的兴奋。霍金这位物理学家，提出了与他的专业看似很远，却又很近的时间认知的新观点，也许只有这里才接受这个智者精怪。正是这里清灵丰富，才使深奥的哲学命题充满了诗意。

我匆匆地来到这里，凝神静气，双眼迷离，身心尽情地体味浓郁的书香，享受那一份静静的美丽。优美的自然给予的柔情和恬静，营造出脱离喧嚣的氛围。你看，在那到处可见包括洗手间都摆着的纸片，让你将稍纵即逝的灵感三言两语地记下，如将苹果落地这寻常的现象化作不朽的杰作。这里的气质就是文化，不在乎你知道什么，而是激发你一刻不停地进取和创造。我又猛然想起，教授们常说："试验、试验、一遍一遍的试验。"在平凡的阅读、试验中，才能哺育出巨匠。

八百年的历史,打造成的是梦幻的世界、科学的圣殿。自设置诺贝尔奖以来,剑桥大学竟有77位获奖者。一位智者说过,不要光看是否获得了诺贝尔奖,更重要的是看对人类的贡献,对启迪人们思维的阐发。这里走出了达尔文、罗素、培根、笛福,还有华罗庚、金庸、徐志摩……还有一代代、一批批学子和泰斗。

"悄悄的我走了,……不带走一片云彩",带走了宁静和书香。我走了,但我却向往遥远的康桥。我更向往康桥向我们走来,走过剑桥,走向清华园,走向未名湖……

(2006年9月6日)

贝加尔湖断想

湖中世界,湖岸风景

说你是湖,倒像是海,因为你生长着只有海洋中才有的海豹;说你是海,却又是湖,因为你储藏着能让地球上的人饮用五十年的淡水。贝加尔湖,不知你是湖,还是海?

从飞机舷窗俯视,你像一轮弯月,跌落在满山苍绿的森林之中。你的水是那么深,深得就像俄罗斯姑娘蔚蓝的眼睛。时值夏末,从伊尔库茨克到贝加尔湖约一小时车程,宽阔的柏油路蜿蜒起伏于丘陵之中，汽车在两旁茂密的白桦林中行驶，不时有古老的乡村和现代建筑闪过，公路拐弯处能看到安加拉河静静地流动。我摆脱了往日堵车的烦恼，有一种如释重负的轻松心情。忽然，远处像天空撒下一层薄薄的白雪，娜塔莎说：贝加尔湖到了。哦，白色！贝加尔湖，在高空看似蔚蓝，远处看似白色，走到近处却成了蓝黑色。你变幻色彩，深藏着什么？

在贝加尔湖博物馆乘模拟的潜水艇，可以看到不同深度的水里有两千多种特有的淡水动物和六百多种植物。只在海洋中生活的海豹，奇迹地出现在这里，成为贝加尔湖代表性的动物。近年的科学考察发现在一千米的深水区有大量胎生的油鱼，一胎就能产两千多尾，生物的食物链告诉我们，这油鱼是专供海豹等食用的。多种鱼类共存这特有的现象启示我，贝加尔湖潮起潮落像弹奏着时空流转的咏叹，从深蓝的眸子里像看到了时事变迁的痕迹和悠长的文明。

湖畔是大片大片畅茂的草地，无限深远的落叶松、白桦林从平原延伸到山顶。这时，一只海鸥在湖面飞过，望着它，直到海天之间变成一个圆点。我把视线转向了草地和森林，没有见到任何飞禽，只有瓦蓝瓦蓝的天空上散布着朵朵乳白色的浮云。我凝望着这绿色托起的蓝天，突然想到：这里应该有鹰！这儿是鹰的乐园，任由它去搏击辽阔的长空。

鹰是勇敢的象征，世界上有些国家把鹰画在国徽上。俄罗斯不仅把鹰画进了国徽，而且画成了双头鹰。

我漫步在湖畔无垠的草地，仿佛看到了一个远古的身影，心头袭来一股思古幽情，涌起难以言说的怅惘。小时候在农村过年，不少人家都挂有"苏武牧羊"的年画。皑皑白雪上，一群公羊簇拥着一位须发花白、手拄旄节的老人，深情中有忧伤也透出了坚定。上中学后，我就会唱"苏武留胡节不辱。雪地又冰天，苦忍十九年。渴饮血，饥吞毡，牧羊北海边。"如果说这是一种民族主义情绪的倾诉，它却历经千年风雨，一直昭示后人，激励着有血性的中国人。

因文明的流变，现代人审视它的目光也与古人大相径庭。今天，那些奔忙于摩天大厦之间的现代人，他们急需寻找与天地合一的自然之趣。我问一位黑发、黑瞳、黄皮肤的布里亚特老人，听说过两千年前有一位中国人苏武牧羊的故事吗？他摇着头说："我们利用贝加尔湖的风光，吸引游客来旅游，以改善我们的生活。""西风东渐"，昔日布里亚特人"金钱无法买到幸福"的观念，也面临着金钱浪潮的冲击。文明，在进入商业社会，伴随金钱因子，寻找着商业文明的路径。

爱的孤独

假如把泰山搬进贝加尔湖,湖面比山顶仅高出一百多米。从大巴车看到远处的湖面似一层薄薄的白雪,站在游艇甲板俯视水的深度,才知墨从深处慢慢泛上击碎了白雪,变成了蔚蓝,在蔚蓝中再调进黑色。在目视的范围内,水清澈透明,能看见顽皮的鱼儿在嬉戏。

游艇犁开水面,溅起层层堆雪,像是这贝加尔湖墨绿色琥珀中的盆景。湖面一边是远山吻水,一边是水天相连。"风光无限好,山水相连情"。娜塔莎手指远方湖中一块突起的圆石说:"那就是贝加尔湖的圣石——萨满石。现在河水涨潮,只能看到很小一部分。"

萨满石落脚在这里,怕是远古的故事,传说中的传说。萨满石从中国天山北麓出发,滚落到西伯利亚的贝加尔湖,是哺育人类的大地用爱一点一点磨去了它刺人的棱角,是天神和自然赋予它无限的魔力,于是它变成了萨满魔石。它所行走的地方,原始部落把日月山川、雷雨木石、人间情爱融入自己的宗教和信仰之中。

我们无法拗过时间的力量,只能隔着时间的距离,超越漫长的时空,遥远地看到了一位大力士贝加尔,他性情粗犷,能呼风唤雨，力大无比。他生养了336个儿子和一位最小的女儿。小女儿安加拉，清纯靓丽，肤白如雪，黑发如夜，红唇欲滴，五官轮廓秀朗大气，有一种说不出的妩媚，还透露出成熟姑娘的风韵。在这个常年冰雪封冻的地方，她的降生使这里充满了浓浓的春意。她的美丽经得起严冬的考验，她洁净灿烂的笑容吸引着无数小伙儿的眼睛。安加拉在小伙子中默默地寻找着意中人。无疑，在父亲贝加尔的心目中，安加拉才是他真正的心肝宝贝。有一天，安加拉在湖边孤独地散步，忽然听到一只海鸥"吱吱吱"地唱着优美的赞歌："帅气的叶尼塞，多么正直英勇，你驱走了恶魔，为我们带来了安宁。帅气的叶尼塞，多么俊朗健壮，你是安加拉的偶像，她为你送去爱的温情。"安加拉想难道这就是上天的意愿，是我梦中的情人？于是，她关注叶尼塞，开始对他倾心。叶尼塞也被安加拉的美貌所打动，双方在热恋中升温。贝加尔看出了姑娘的心思，说："宝贝，我正在一天天老去，我需要你！"父女不知交谈了多少回，终无结果。执拗的父亲终于严厉说出："我绝不允许你嫁给叶尼塞！"父亲的一句话像严冬的寒风吹得女儿心灰意冷，无奈之下，在一个夜深月浓的晚上，女儿趁父亲熟睡之机偷偷逃出，借着月光化为河流，去寻找叶尼塞。贝加尔在睡梦中觉得胸中的水往外流，便感知安加拉的出走。随即急忙将案头的萨满石投入湖中，立即变成一座大山，企图阻拦安加拉流走。即使萨满石魔力再大，也挡不住安加拉出走的决心。

这是一个没有结尾的远古神话。

多少年来，又有多少人发出过这样那样的诘问：安加拉与叶尼塞有多少令人羡慕的爱情故事？又有多少天长日久的爱情生活？

偌大的贝加尔湖向人们展示了一个生命主题：爱情是孤独的。

从远古到现代，爱情是人终生的渴望。只要人的生命之火在燃烧，每个人的内心都有一种隐秘的、无望的爱情在燃烧。爱是一种行为，它的表达是慈悲；而爱情出于本性，它的体现是孤独。当你心情愉悦时，孤独就排遣了热闹，独独地守候在爱情身旁。当你心境凄凉时，孤独便带着脆弱与感伤，让爱情来救赎心灵。当人感到绝望时，唯有爱情的力量能与残酷的世界相抗争。平静岁月里庸常的百姓把金钱、权力都塞进爱情之中，于是几千年来，"父母之命，媒妁之言"成了爱情；三观相投即成夫妻，三观不合勉强凑合也是爱情；更有甚者为争夺美貌女子决斗，取胜者也会得到爱情……

爱情最神圣，没有孤独哪有神圣；爱情最纯朴，纯朴中有孤独；爱情最唯美，唯美就不从众；爱情最真诚，真诚就唯一；爱情最忠贞，忠贞就孤独。爱情的本质成为人类理想的王国，是人性中追求的终极目标。人类有了精神生活同时就有了爱情。文学作品永远绕不开爱情的主题，爱情中的悲欢离合，是写作者永远写不尽的内容。你看这则远古的故事，安加拉和叶尼塞合流奔向北冰洋了，他们前段的互相追求我们看到了，但他们合流后的甜蜜我们却没有看到，他们的挫败和凄凉都留给了我们想象。

看看史籍上的名人。一位叱咤疆场的英雄，在乌江边孤独地面对着心爱的虞姬，竟悲凉地呼喊"虞兮虞兮奈若何"，他的孤独已到了悲愤的极点。为了诠释爱情的圆满，虞姬也与英雄一样自刎而成为爱情的殉葬者，她的头颅恰好枕在英雄洒满鲜血的胸膛上。到此我们只认为这是诗人的创作而非史家的绝唱。再往后，还有那位唐明皇，文人们把他与杨玉环的爱情描写的纯真唯美，写成诗篇，谱成乐章，传颂千年。可谁知杨玉环是如何孤独而死，而唐明皇不也是在孤独中悲鸣而亡的吗？

还可以看看民间百姓的爱情。中国人妇幼皆知的牛郎织女，爱情又是多么的孤独。在浩瀚无涯的天际中，隔着一条宽大的银河，牛郎织女天各一方，隔岸相望，各自与孤独为伴，只有一年一天的相会才使爱情成为幸福。可又有谁问过这是真正的爱情吗？

站在贝加尔湖的游艇甲板上，望着远处若隐若现的湖中圣石，看看岸上魔幻般的美女，倩影绰约的少妇及体态发胖而不失风雅的大婶，内心深处发出了一阵感叹：爱情啊！这孤独的爱情，你让人苦苦地追求，是甜蜜还是苦涩？是忧伤还是凄美？

（2012年8月8—18日，俄罗斯旅游）

阿拉斯加旅游札记

写在出发前的话

阿拉斯加是人类学家、地理学家等学者熟知的地方。但对普通百姓来说，阿拉斯加接近北极是个遥远神秘的地方。那里的海、那里的大陆、那里的雪山冰峰、那里的人都是陌生的。

夏末秋初，正是出门旅游的季节。二女儿心知爹妈已近七十，带我们旅游，与父母共享天伦之乐，用她的话说："父亲的写作，是我最爱，旅行一趟必有与人不同的收获。"

阿拉斯加地处地球最北端，我们要去的冰川湾，或许就是我想象的"冰雪幻境"。九年级的外孙女，天资聪颖，自幼好学，她在电脑上搜寻到近十天的天气预报并和妈妈精心做着旅游攻略。我们听从"老天"安排，带好羽绒服、毛线帽、防紫外线的墨镜等，走向令人神往的地方，去领略那广阔的海域，披挂冰冠的险峰，雄伟壮丽的瀑布，展翅翱翔的雄鹰，憨态雄姿的棕熊……

我也做了思想准备，将尽自己的努力，把每天的见闻所感写成文字，配上图片在手机上发到朋友圈内也算是我游览阿拉斯加的日记或札记。可以预料我会对自己的有些文字不满意，如果在行程结束后再去修饰润色，那就是给当时的心境添加了什么，索性不做任何改动，让它保留"原汁原味"。

在这个地球上，阿拉斯加与格陵兰岛是齐名的冰原冰川旅游胜地。所不同的是阿拉斯加属于美国，在富甲天下、繁荣繁华的背后，山水一样，人也一样。大自然是单纯而童真的，它用一切存在展示着人间世态，就看人类愿不愿意接受和赐予。如果接受，人类自身的文明会得到不断升华，否则，触犯"天意"，人类文明将会毁灭。

执着与超脱，是诗与哲学结合；细致与旷达，是诗与远方并行！

明天，我们一行四人将踏上旅程。憧憬那个神奇的世界，我诗情涌动，写下《嗜书后出远门》十二行长短句：

吸一口枫叶的气味，
品着夏日的温柔，
尝着秋风的清爽，
嗜书①后出远门走一趟。

乘五帆②鼓起的长风，
面朝大海的青绿，
去遥远的国度，
有人在雪山下等我。

试嚼北极冰花，
袅袅青烟茶意浓，
滋润我心曲，
能否化作茶中禅意。

（2016年8月27日写于温哥华市温西）

---

①嗜书，指作者正在读《易中天中华史》。
②五帆，指温哥华码头的设计造型为五只撑帆待发的帆船。

胡纳岛

我们乘坐的无限号邮轮，离开了温哥华的五帆港口，要在北太平洋航行一个昼夜，才能抵达阿拉斯加第一站——胡纳岛。

清晨的天气有些阴沉，苍茫的大海丰富而单调，海和云成了供你表述和写作的对象。阿拉斯加独特的道具：神秘的冰川，美丽的雪峰，迟迟不愿登场。而这里除了人以外，灰熊、白头鹰等都成了人类捧出的明星，更是要在"锣鼓三遍"后才能出场。

站在甲板的后面，瞭望远处，有鲸鱼不时露出海面，像在迎接远道而来的客人。邮轮把深绿深绿的海水划出一条白色的路线，就像是在无边的草原上开出了一条高速公路。邮轮是公路的开拓者，正在向胡纳岛进发，大海就是一位深沉的老者，想告诉你这里发生的故事。

1912年西方探险者来到这里，那时遍地都是动物的骨骼。他们发现除了可以捕捉鲜美的鲑鱼（三文鱼）外，还发现这里有阿拉斯加南部罕见的雨林，以及靠捕鱼和狩猎的印第安人。

下午三点半左右邮轮靠岸。我们从邮轮上下来，在从邮轮通往陆地的道路上，印第安人穿着鲜艳的民族服装欢迎我们的到来。我顺着海边步行，穿过狭长的海边小道，来到博物馆。这里再现了探险的西班牙人、葡萄牙人、荷兰人搏击海浪、战胜艰险抵达这里的情景，同时还演示着如何把一条鲸鱼切成块来烹调。这时我因身临其境而感叹欧洲海洋民族的胆识和气魄。

当我看到路牌指示的雨林，惊奇地问自己："我在澳大利亚却看到南方雨林，这里接近北极却有雨林啊？"我沿着小道走进林内，古木参天，幽暗深邃，高大的树木两人合抱不住。阔叶植物遍地，厚厚的绿苔长满了树干。广告宣传牌上介绍，这里是熊、麝鹿、高山大角羊、白头鹰等动物的乐园。噢，原来这里是北部雨林啊！

在雨林的山头上，设置了6条高空滑索。女儿和外孙女乘坐滑索飞也似的飞向了海平面，其惊险让人惊愕，其快乐让人捧腹。

我在滑索的尽头望着女儿和外孙女时，想必她们绝不仅仅是为了寻求刺激和欢乐。举目瞭望，海天一色，唯有脚下这个小小的岛屿，是通向阿拉斯加北部的歇脚点和加油站，更有一座灯塔把邮轮带上返家的航道。这不正像是人生吗？遇上伯乐会让你苦斗的身心歇歇脚，伯乐会给你加油、点拨指路，让你能成就一番事业；遇不上伯乐或许你会瞎混一辈子，还是什么都没弄清楚！

(2016年8月31日)

永恒的交响诗

无限号邮轮晚十点告别了胡纳岛，开始了新的航程。

因为接近北极，晚上十点依然天光明媚。

邮轮晚餐极为丰富，餐后，满载三千多名旅客的船舱内，茶叙开始。百分之八十的游客品着酒、喝着咖啡、呷着茶，互道在胡纳岛上的见闻。

夜间行船，不疾不徐，船长、大副知道老人们的心思。

清晨，约六点钟，喷薄的朝阳从海面上升起，这一刻天空是最美的。朝阳把海面照得波光粼粼，鲜红的朝阳给万物送来一个难得的好天气。人们走出舱门，来到三层的甲板上，畅吸这新鲜的空气，欣赏着哺育人类的绿色大海，沐浴在与昨天不一样的阳光下，期待着亚库塔湾最前端、阿拉斯加海域最长最大的冰川湾的到来。

无限号开始进入冰川海湾。远处的海岸线上，能见到隐隐约约、延绵起伏的群山，透过淡淡的云雾，展现出模糊的黑色山体，黑色山脉的背后冒出白雪皑皑的山峰，蓝色的大海恰在这黑白两色山峰之间。两岸郁郁葱葱的青山，让黝黑的云杉去亲吻洁白雪山。或许是这一切成就了冰川海湾，冰川海湾又让它誉满人间。

宁静冰河的海湾里，依然充满着生机。海鸟在自由飞翔，海豹在嬉戏游泳，邮轮的速度明显放缓。本来初照的阳光使得海水波光粼粼，现在好像开始变得发浑。随着船的行进，海水再也不透明，再也不发绿，再也不湛蓝，像一块无边无际凹凸不平的毛玻璃。

海面上不时有漂浮的大块冰块，它们在邮轮前进时打破了结晶成为海水中的王者。远处一座冰川闯入眼帘，邮轮广播在激动地呼喊：哈伯德冰川就在眼前！

你看前边这冰川，其实是冰河。它在两岸青山夹峙之中，从远山流来，而一见大海便戛然止步。这时的冰河又好像变成了棉花，填满了两山之间。冰冷的冰河湾，难道还有一场棉花大战？海水不动，冰河不动。"大战"前夕，两军对垒，空气都像海面上的水般凝重和冰冷。由于邮轮的前进，乘客们照片中的冰川逐渐由蓝色变为白色。这时只有船长最懂乘客的心，他开始选择瞭望和拍摄的最佳角度，让乘客们在甲板上欣赏够这自然的奇观，让相机里储存下难忘的时刻。不知是因为我们穿着冬装，笨拙的手无法让冰川全貌装进望远镜，还是因为我们广角太小，无法将冰川全貌收入相机？那我们只能分段观赏，分段拍摄了，还有唯一的办法是在回程时，远距离拍摄全景了。

邮轮与冰川形成了两条平行线。这时，有人情不自禁地欢呼起来，原来断崖样巨大无比、坚实刚硬的冰墙，突然间从数十米高度自然冰崩，坠入大海。

这时的哈伯德冰川，像是一位熟练地驾驭庞大乐队的指挥，它手臂轻轻扬起，大海便卷起一股股巨澜；它直指上天，大海的合唱发出闷雷似的轰响；它指向远方，冰川即刻化为烟雾直冲霄汉……

哈伯德冰川，或许几千年、几万年就在这里表演着，至今仍保留着冰河时代神秘的风采，让人们为之敬畏和惊叹！它的产生与消亡体现着善始善终，同样精彩。

小冰河时期给冰川湾留下18处冰河、12处海岸冰河地形，以及数不清的冰川。由于地球变暖，每年它以400米的速度后退。20世纪初，著名探险家约翰·缪尔[①]抵达这里后，人

[①] 约翰·缪尔（1838—1914），著名探险家，美国最著名的自然主义者，现代环境保护运动的发起人。他提出建立"国家公园"，被称为美国国家公园之父，对保护自然环境产生重大影响。他所著《夏季走过山间》等著作，是著名的自然美文。他还写了一本《阿拉斯加之旅》。

们便发现冰川已经开始融化后退。这说明，地球变暖是个缓慢而复杂的过程，只不过近年来人为的破坏加快了它的速度而已。庆幸的是，北极冰川逐年融化缩小，我们却看到了哈伯德冰川在增加。我们是泡在温水中的青蛙，终有一天人们就看不到如此壮观的冰川冰河了。像必然中有偶然，而偶然又有哪些值得寻找的规律呢？

哈伯德冰川给人类送来了永恒的交响诗篇！我们在你的诗篇中去寻找远方！

（2016年8月31日）

悲壮的鲑鱼

无限号邮轮离开哈伯德冰川，向南奔向美国最大的也是远离本土的一个州——阿拉斯加州府朱诺。

邮轮的航向告诉我们，这次旅游已经从最远处开始返航。满脑子的"冰雪幻境"没有看够，尤其是哈伯德冰川的震撼让我难以忘怀。

从朱诺码头乘大巴行进4公里，就到了位于朱诺山下的鲑鱼繁殖场。

鲑鱼，又称三文鱼，洄游性鱼类。生于淡水，长于大海，死于静湖。借由人工力量将鲑鱼的生态做到计划保育，这是产鲑鱼地方的做法，否则，那些鲑鱼保活率只有百分之几，人们哪能品尝到鲑鱼的美味。

真是适逢良机，当前正是每年鲑鱼洄游的季节（按不同种类的鲑鱼及每年气温的高低，在6月到9月底之间），鲑鱼正回到原来的出生地。一位美国导游把我们带进了鲑鱼的生活场地。

鲑鱼在河溪中生活1~5年后，离开自己的出生地，到广阔的大海生活2~4年。在溯河产卵期间，它们从遥远的太平洋逆流而上，就像我们上一个台阶一个台阶一样，迈步向前。而鲑鱼只能凭借身体不停地跳跃，从下一层梯跳到上一层梯。每进入一个阶段就是一个层梯式"增高"。就这样在漫长的洄游路上，它们一次又一次跳跃，一次又一次进入"新境界"。等待它们的却是自己的天敌——熊，正张开大嘴要把它们吞进硕大的肚子。鲑鱼一生的道路也真够艰难，经过层层磨难之后，才到达最上游的一个平静的湖。这是鲑鱼期盼的场所，鲑鱼完成了一生的事业，安详而悲壮地死去。

鲑鱼死后，辛苦产下的卵还有可能被鸟类叼食，狼等肉食性动物也在四处寻觅鲑鱼的尸体。在躲过天敌后，与雄性鲑鱼"交配"，生出新的鱼苗。老鲑鱼把生命交给了下一代，完成了自己的一生。

新的生命，开始新的生活。于是它们遵循上辈走过的路线，在海洋中寻求快乐，同时也付出代价。

大自然就这样赐予鲑鱼轮回。

但让人们弄不明白的是，这群小精灵是怎么从浩瀚无垠的大海中找到母亲产卵的地方，重复上辈的悲壮？

问题不能留给哲人，爱的终极不能靠思考，而只能让诗人靠浪漫的想象去追寻母爱的渊源，至于鲑鱼一生的悲壮只能由诗人去咏叹！

（2016年9月1日）

后退的冰川

门登霍尔冰川，距阿拉斯加州朱诺仅20公里。

离开鲑鱼繁育场，大巴车在两山间的谷地行进。穿越茂密的树林，沿途不时有成片的别墅、排屋及汽车保修站、油库等闪过，足见这一带是朱诺市宜人居住的地方。

当我们跨过小溪与木桥，就来到了门登霍尔冰川。隔着一片湖水清晰地看到冰川和瀑布，一边是纯白的冰墙，冰墙下是纯蓝色的冰水；另一边是从陡峭的山崖上奔腾而下的瀑布，倒真有点"惊涛拍岸，卷起千堆雪"的气势！这一静一动，是一幅大自然走出画布，摆脱宣纸的风景画。我疑惑地问自己，这不是梦吧？

据说这冰川是以人名命名的，原来的名字叫奥克冰川，这里是奥克印第安人的故乡。1892年以美国海岸大地测量局负责人门登霍尔的名字重新命名。这使我想起，在西方把自认为值得纪念的城市、重大发明等常以个人名字而命名，比如美国的首都华盛顿，阿拉斯加州的朱诺，温哥华等。

话走偏锋，言归正传。这门登霍尔冰川与哈伯德冰川相比，它是一座后退冰川。我们站在游客服务中心的栈道上，服务人员告诉我们，这冰川每年后退27米。冰川前本无湖泊，从1900年开始形成，现在已经是长2.5公里、宽1.6公里、中部水深35米的湖泊，可以泛舟湖上，倒是惬意。我们来时走过的这条山谷，也是因湖水流动冲刷而形成的。冰川是地球上最大的淡水库，全球70%的淡水被储存在冰川之中，冰川融化和退缩的速度加快，就意味着数以百万的人口将面临干旱及饮用水减少的威胁。

人类呀，可不能败于自己呀！

（2016年9月1日）

城小名气大

  朱诺作为阿拉斯加州的首府所在地，鲑鱼养殖的规模和后退的冰川都给人留下了深刻印象。作为纪念，女儿为我买了一顶米灰色的帽子，正面是阿拉斯加地图，上面绣有ALSKA的字样，让人注目的不是那排英文字，而是右上方一只展翅高飞的白头鹰，帽内的商标左面还绣有一只北极熊，英文写道这帽子产于中国，阿拉斯加帽子公司订制销售，标志着帽子的质量和专营。无论我走到哪儿，只要戴着这顶帽子就会想到这是我走过最远的地方，它有一串艰辛、隽永和关于自然的故事。

  我戴着这顶帽子登上邮轮，离开朱诺，前进的道路依然洒满阳光。无限号直接奔向凯奇坎。

  清晨，当我起床瞭望窗外的大海时，真不知一夜之间无限号穿过了多少海岸和越过了多少洋面。眼前两岸茂密的苍翠，针叶林与阔叶林混交在一起把山坡染成葱郁的绿海，笔直笔直的云杉和松树密如栅栏般守护着这不容侵犯的绿色。苍翠之中，偶见一些白柱样的树木直挺挺地插在栅栏之间，无限号行驶到它们身旁时，才看得清那是已经枯死的树木依然挺立，有的在枯朽的根部奇迹般长出新枝，依然郁郁葱葱。这是自己变成泥土也要义无反顾承担起抚育后世的责任。我是一位爱树者，见到这样的山林心灵像回归到故乡一样，生发出原始初心的相望。在靠近北极的边沿，在人类还没出现时，大自然就赐予这块大地以葱绿。年复一年，老死的树木，最终化为生命的图腾，令人们赞赏；风云突变，雷击的树木，委屈地接受死亡，显露出生命的悲怆。树啊，永远屹立是你的品格。人树境界互鉴，就没有战胜不了的困难！

阳光普照，看着远处的青山分成一层一层，内心获得了舒展和宁静。近处的山，清晰可见棵棵青松和云杉；中间的山，辨不清树木却能看出山的身形；远处的山，形都看不清了，只能看到朦朦胧胧的山影。这是大自然的画笔给群山染了"一条界破青山色"[①]，把人带入诗情画意间。你看，近处的绿山，是信号，是流动的韵律；中间的青山，"青"不是色彩，是光的刀锋刻出山的身形；远处的黑山，大自然脱下诗情的外套，用画意留下一片寂静安宁的黑色。

邮轮已让我们在万绿丛中看到了露出红的、蓝的、白的、灰的和米黄色的房屋，还有游艇在行驶，水上飞机在盘旋。凯奇坎到了。

---

① （唐）徐凝的《庐山瀑布》诗句："今古长如白练飞，一条界破青山色。"

下午两点半，无限号驶入码头。呵，这码头可真不小！竟然能停得下五艘像无限号这样十几层楼高的邮轮！在船上看，凯奇坎像一个海湾，除了水就是山，就像是阿拉斯加的一个小镇。我们下船，去游览这座仅有五个交通岔路口的阿拉斯加第一城。这里仅有3~5英里的狭长街道，西方称它是城市繁华的地方，任你游逛，肯定不会迷路。就是这个港口，地方不大，名气不小，堪称世界之最。

在码头不远的一条小街上写着"欢迎到阿拉斯加第一城凯奇坎——世界鲑鱼之都"。街道边的山溪河流中，不少钓者挥动钓竿。我见到一位个头很高、甚是强壮的男子，甩杆上起，钓得一条鲑鱼。他面色平静，将钓钩上的鲑鱼取下又投入水中，让鱼儿经受了一次死亡的惊险，然后奔向远方，寻求自己的快乐。从市区向北走不远，就到了凯奇坎湖，一条小河与大海相连，湖中养殖的鲑鱼之多不愧为鲑鱼之都。我在朱诺观赏的鲑鱼是在人工养殖场内，这里却是天然的。我在《悲壮的鲑鱼》中感叹发问，那一群群精灵怎么能从大海找到母亲产卵的地方？呵呵，现在总算有了答案。它不仅能生出鲑鱼，还能召唤鲑鱼从大海回到它们的出生地。一百多年前，具有探索精神的人挺进阿拉斯加，就是被大量的鲑鱼所吸引。

凯奇坎成为阿拉斯加州第一城，是在1898—1901年金、银、铜矿的发现后，逐渐奠定了此城的经济发展与城市规模。

当年淘金时代，条件极其艰苦，人们血气方刚，奋战一天后没有任何娱乐，于是溪街的红灯区繁闹得世上少见，成为凯奇坎"之最"之一。

写到这里，突然想到"凯奇坎"是什么意思，也是一位淘金者或勘探者的名字吗？导游小姐答曰："凯奇坎是特林基特族'射中的鹫翼'的意思。"噢，原来我的那顶帽子还有这番含义！

小小的一座凯奇坎，名气还不小呢！

（2016年9月2日）

话说迪斯尼

走出国门，看看外部世界无疑能扩大视野，激发大脑深层思考。第一次出国是考察新西兰的地震防震和自救。而真正涉及一点西方文化的倒是这次游历迪斯尼公园。

这是一篇30年前的文章，当时我身处祖国的大西北，对这些东西感觉太新鲜了。一次参观，对美国文化的认识肯定是肤浅的。

七月的洛杉矶，太阳像下火似的。我去迪斯尼那天还好天公作美，太阳钻进了云层，热得还能忍受。穿过一路鲜花的高速公路，车子到了迪斯尼乐园。迪斯尼乐园对美国人来说是个尽情玩乐的场所，对外国旅游者的吸引，恐怕不仅是娱乐而是探奇。

听说，美国文化的核心可以具体化为牛仔裤、爵士乐和迪斯尼文化（包括好莱坞电影）。我就是怀着这种探奇的心理，兴致勃勃地逛了一次迪斯尼乐园，体验了一下美国文化，给我留下了深刻的记忆。

在"真"中松弛神经

一进大门，仰面看见迪斯尼铁路。在几十米高的路基上是一座欧式小火车站，它的路基斜面是用鲜花拼成的巨大米老鼠。长着圆圆耳朵的米老鼠是1928年初动画片绘制者沃尔特·迪斯尼在火车抵达洛杉矶后创作出来的。米老鼠，这只建立了庞大商业帝国的小老鼠，被全世界儿童所熟知和喜爱。

看着导游图上的"中国奇观"，我们决定先去看看。其实，这是一座巨型的环幕电影院。人们站在依次排列的栏杆之间，前后左右不时转动身子，欣赏着祖国的大好河山。放映开始前，一位金发小姐在广东音乐的伴奏下，用英语简要地向游人介绍了一下中国。环形屏幕上，从黄河到长江，从天安门到布达拉宫，从江南水乡到内蒙古草原……尽收眼底。间或有火车向你驰来会感到惊怕，骏马奔来倒不觉得惊怕却有一种壮美之感。影片放映完，游人报以热烈掌声。当我游完乐园之后，才知道这是迪斯尼最写实的游馆。

"鸟的世界"外部是破破烂烂的草屋，里面是西式木屋，毫无现代装饰，几乎还原了原始的风貌。人们坐在木凳上，仰头看屋顶四周尽是各种鸟类，用心看也辨不出这些鸟是真是假。当一只叫不出名字的大鸟张口鸣叫几声后，百鸟合唱开始了。栩栩如生，歌声却是鸟与现代音乐糅在一起的和鸣。

"海底之游"是一个令人赏心悦目的项目。我们坐进潜水艇舱，从窗户探寻海底的奥秘：海礁怪石嶙峋，植物千姿百态，鱼类自在遨游。美国人的节奏是够紧张的，到这儿一游，不仅使人对海洋世界大开眼界，而且也使人们的紧张神经松弛下来。这时，我觉得游意在一点一点地加浓。

从自然中汲取构思

"丛林冒险之旅"是迪斯尼乐园的特色景区之一。我们依次排队登上一座木屋阁楼，它四周螺旋式的网结着绳梯。头顶上悬挂着印第安人的图腾柱和击鼓，屋内陈列着第一代进入原始丛林探险者的用具和指南针。我们参观了先民们鸟巢般的厨房、卧室、会客室，会客室还摆放着一架管风琴。温馨的气氛，使人联想到当时清晨山林寂静，只有鸟儿在歌唱，夜间有星辰做伴，屋内一盏油灯闪烁发亮……

当我随着人群离开阁楼，乘上小艇徐徐进入草木茂密的热带和亚热带原始地域时，只觉得绿荫遮目，凉气袭人。轻舟在曲曲折折的河道上漂浮前进，只见河道两岸犀牛用长角触扎追逐它的猎人，猎人又奋力向一棵古树上攀爬。与我同舟共济、肤色不同的游客顿时发出哇哇的惊叫声。又走一程，象群在水中嬉戏玩耍，而几只老象甩动长鼻像是向我们伸来，人们又觉惊中有喜。有人告诉我说，这里的原始丛林是模仿亚马逊沿岸的景观，也有人说是美国东北的原景。我想这绝不是照搬，而是艺术的构思，凡来游玩的人都不会去考证这景区的原型在哪儿，只要看着开心就好！

在人们的心情还在一惊一喜之中，游艇前方轰然倒塌的东方巨佛，又绷紧了我的神经，进而出现在眼前的是隐秘的神龛和将吼未吼的虎群、狮群、熊群……人们时而屏住呼吸，时而又发出阵阵叫声。

当轻舟犁出河水的涟漪，转眼遮天蔽日、朦胧扑朔的丛林便悄然散去。

岸边的小摊上出售着塑料类蛇、鳄鱼、骷髅头等玩具。看看表，"丛林冒险之旅"仅用了八分钟。这八分钟人们沉浸在清新、神奇和激动的气氛中，就像是佛陀的头在水中沉浸了片刻。故事说，佛陀的头沉浸片刻，龟已穿过须龟山，而世间在这片刻中便发生了多少离奇的事儿啊！这时，我回想到童年的情景，老祖母拉着我的小手，在古树参天的密林中捡杨树叶，回家做饭，土屋中冒出了灶烟……我猜迪斯尼设计师们的初衷可能是为了适应美国人久居现代摩天大厦，或热闹的街市而向往自然的心态，精心构思了这座乐园。他们从广袤的草原，密布着河网的灌木丛，以及翠绿的竹林中汲取了诸多的创作思绪。

在游戏中释放心力

当我们走出水上丛林，来到洞中的水面。"加勒比海盗"的游戏，全部在洞穴中进行。我们乘船时灯火暗淡，当登上小船，仿佛进入空中索道的小屋。屋中只坐两人，后面像一口大锅，身前有根栏棒，提示你要用手紧紧握住，以防小船在俯冲时身体得不到平衡。小船晃晃悠悠前行，时隐时现的丛林映入眼底，萤火虫伴随左右。当小船在飞瀑上跌落时，人们发出一阵阵的惊呼声，船只跌入谷底，一个海盗世界展现在眼前。盗匪强占城池、强暴妇女、勒索珠宝的贪婪诡诈动作反复出现，一切都活灵活现。整个环节充满着鬼哭狼嚎，嘈杂与恐怖，无数珠宝玉器在骷髅的掩映下璀璨闪耀。咚咚作响的炮群击中船只，顿时火光冲天，战火使舟楫倾斜，盗匪纷纷落海。最逼真的要数这样一个场面：一人横坐桥头，一只脚垂着晃荡，一边有一只狗在牢狱外被狱中的三人哄着要它叼钥匙，这三人有准备套绳索的，拿骨头的，做招引状的，惟妙惟肖。

美国人在这里一玩儿则了，而东方人在他的文化模式驱使下却要思索点什么。其实这种思索留不下久久难忘的东西，只不过要探源一下为什么。心理学家弗洛伊德有个"力必多"的观点，如果将他的观点泛化为性欲之外的人类需发泄多余的力，那恐怕只能在梦和游戏这两种形式下无意识地发泄出来。迪斯尼乐园的设计者采取的就是最刺激人心的方式，冲破一切现实生活规则的束缚和善恶的羁绊，将游人的心力释放，这可能就是迪斯尼文化的价值取向。

在"假"中调侃感情

在迪斯尼游园看到的全是假的（只有那"中国奇观"的电影是真的）。有人说，美国加利福尼亚州一切皆假，戏称"加州假州"。好莱坞影城山崩地裂的大地震是假的、雷鸣暴雨是假的、蜡像馆中的人像是假的……

明知是假，迪斯尼的魅力却牵着游人尽情地玩耍。"鬼屋"是游人必去之处。当我乘车进入"鬼屋"后，全息摄影的鬼影一幅一幅正对着观众，我已经有点毛骨悚然了。一路上，"吊死鬼"在晃动，"猫头女郎"在献媚，"棺材"中一会儿伸出人手，一会儿又伸出骷髅头，许多不明物在空中飞舞，"鬼门"的门铃在响动，墓碑晃动之后从墓穴中探出人头在说话，成群的鬼魅穿着当今最入时的礼服在音乐伴奏下举行舞会。假的像真的一样，每个人的神经都在颤抖。游人在哇哇乱叫中发泄着情绪。

出了"鬼屋"正赶上"大游行"。人们一下子由那个恐怖的地狱进入了一个欢乐的世界。巨大的成群米老鼠活蹦乱跳，逗得孩子们咯咯大笑。高大的彩车上穿着各色奇异服装的男男女女，有的载歌载舞，有的做欢呼跳跃状，有的跳起印第安人舞蹈……上万人自动围在行进道路的两旁，只见许多妇女骑在丈夫的肩上尽兴观赏。时间是下午5时，我们进了儿童"小小世界"。还是集体乘船进入这个一片艳阳、充满欢歌笑语的天地。当我们拾阶登上乐园火车站，古老的铁路建筑、火车头及员工的服装，把我带进了19世纪人类原始铁路古朴的氛围之中。乘上环形火车，原以为要观赏迪斯尼全景，其实火车穿过的是代表地球地貌的景区。铁路沿线有热带雨林，有远古的荒原，铁路还不时穿过隧道跨过桥梁。只有等火车停到下一个小站，你才会恍然发现自己还在迪斯尼之中。

通过地下、陆地、空中三种自然空间，迪斯尼让你领略了奥妙无穷的世界。迪斯尼的游乐方式与我们传统游园的最大不同处在于它是集体体验、观赏。由于游览项目太多（我最多也就游了五分之三），所以只是整车整车拉着你走，就像吃汉堡包一样缺少个体喜爱的口味。因为一切都是假的，也容不得你去认真地体验。有人告诉我，迪斯尼建于20世纪五六十年代，耗资几十亿美元。我想这种构思很可能与美国当时的大生产方式有关，给这种集体的大众文化也烙上了时代的印记。让这种假人假景在自然的空间中令人们放松而开怀大笑，迪斯尼在自然空间和心理空间的设计，越是独特就越是吸引更多的游客。难怪迪斯尼在当今还不断地扩大着自己的知名度。迪斯尼运用对五官的刺激，让现代人紧张工作之余可以宣泄情感，而传统的中国游乐多为诗情画意、悠然自得的陶冶。一种是聒噪的热闹，一种是理智的宁静，看起来两者是不相容的，其实它们都是生活不可缺少的。据说，中国也要建造迪斯尼乐园，我们期待着东方迪斯尼乐园的诞生。

（1994年10月写于兰州）

第三辑

感悟人生

伟人有伟人的往事,平凡人有平凡人的往事。我是一个平凡的人,只能写点平凡人的小事。我力争用有温度的文字记下往事,把对时光流逝的痛惜,用爱意珍藏在心灵的谷仓里。用那短小的篇章,去温热人心和人性。

欣赏与浅析
——读胡占凡先生《临江仙·庚子鼠年立春》

今年春节以来，胡占凡先生先后在《中国有声阅读》中发表几首词，读后深受教育和鼓舞。

2月3日，我又读到他的《临江仙·庚子鼠年立春》。《临江仙》这个词牌他已用过两次，以前的词作我未曾见过，但就这两首我个人觉得足见作者对《临江仙》词牌的偏爱。

《临江仙》词牌是唐代教坊的曲名，又名《庭院深深》。在宋代，当一种新型的诗歌形式出现后，《临江仙》及许多词牌被歌伎来传唱，更多的优秀诗人便为流行的词牌来填词。有的自己填词自己唱，更多的由歌妓来演唱。一些在文学史上留有芳名的作家、诗人、词人都曾为《临江仙》填上供人传唱的"新诗歌"。

《临江仙》词牌因苏轼填《夜饮东坡醒复醉》、李清照填《庭院深深深几许》等而在宋词中最为有名。明代以后仍有不少词人在填词，直到清代词人纳兰性德，作为"北宋以来，一人而已"（王国维语）也填了不少优秀的词篇，其中就有《临江仙》。唐宋优秀的诗词，犹如满天星辰，遥望星空，哪颗星星更为闪亮呢？衡量标准不一，判断必然见仁见智。《临江仙》已是宋词中的佼佼者，但历史却让明代诗人杨慎又给它以一抹光亮。他填的一首《临江仙·滚滚长江东逝水》被后来电视剧《三国演义》作为主题曲搬上银屏，开篇曲"滚滚长江东逝水"唱响了大街小巷，千家万户。我猜可能是作者受杨慎的影响，说怪也不怪，《临江仙》是占凡先生所爱也就不足为奇了。

我多次表示遗憾，如果今人能唱着《临江仙》的曲谱，讴歌着滚滚长江，胸中自有中华豪迈之感！历史无情，宋词的谱曲失传了。我们传唱的滚滚长江东逝水，只是现代作曲家的作品！

《临江仙》词谱变化较多，占凡先生填的《临江仙·庚子鼠年立春》采用杨慎的"滚滚长江东逝水"词谱，上下两片（也称两阕），上片五句，下片五句，上下字数对称，总共六十字。

填《临江仙》词，作者先立题目，题目在诗词中通常也就是主题。作者笔透纸背，为题"庚子鼠年立春"立目。作者在立春为题中强调了庚子。《易传》中对庚子年有大荒、大坎、轮回等记录，老百姓也有对庚子年的警觉。那么，现在看看上片，上片就是庚子立春，下片还是庚子立春，对全篇立春上下虽为一致，但各有侧重，而逻辑上又一气贯通。上片写立春日是天时安排，宇宙循环，一切正常运转，冰霜得意还是不得意，反正按照自然规律，春燕按时已经飞回，一派正常春日景象。看似寻常却不寻常，看是立春却与以往立春不同。怎样写今年立春的不寻常呢？且看词里出现金句："新芽雪下绿，不解人世哀。"

被白雪覆盖着的小草，穿上嫩绿的衣裳，是想和春燕一起慢慢地舒展筋骨，聆听人间春的消息！人间啊，与往年不一样，现在充满着哀伤的氛围，你知道吗？你理解吗？

"新芽雪下绿，不解人世哀。"这两句在上片中起着转承的作用。你看"……不解人世哀。（接下片）恨有瘟神淡日色……"到最后，全词合扣主题。春日像往年一样的话，早就"先知春燕正归来"了，但今天世人却无人间的"闹"春啦。上片写景，而景中有情。下片写情，情是什么，情就是"人寰敢胜妖霾"，情就是"只待枝上雀，啼到百花开"。情中之景是把情景致化了、形象化了，同时也把情升华了。到此，作者完成了一项工程，他拆掉了"上景下情"的套路与樊篱，让景与情熔为一炉，真让人分不清哪儿是景，哪儿是情。原来我们常用的"情景交融"的真谛就在这儿！作者捧给读者的是一片真情，这真情是一颗跳动的心，是一片"只待枝上雀，啼到百花开"的爱心。一个阳光和煦，百花吐艳的春天就展现在眼前！

读全词从始至终，作者用细腻的笔触描写了人人皆知、人人皆见的冰霜、春燕、小草、雪、雀等具象，言浅意深，意境悠远。加之使用《临江仙》，词牌曲调婉转，读起上口，口口相传，读了上心，心上温暖。作为读者不禁为之击掌叫好。总体读来，在寂寞、烦躁之中获得了一片宁静的净地！

为此，应当谢谢占凡先生！

（2020年2月5日于北京青年湖）

注：胡占凡，中国文联副主席、中国电视艺术家协会主席。

人生在世欲何求？

——读昝福祥先生两首诗词所感

"人生在世欲何求？"

这像是诗句，又像对人生拷问的试题，更像是哲人苦苦追寻的答案！

枕前，放着这本《涵养斋诗词漫笔》，25万字的作品，其中就有这句震古烁今的"人生在世欲何求"的千年提问。

五年前就是它用"诗心"，把我带进了古稀之年。诗词伴我一生，从年轻时读，一直读到花甲，读到古稀……如今我重读这本诗词，似一缕淡淡的清风，让我沐浴其中，慢慢地滋润着我的心灵。它把人生的山川湖海呼唤到眼前，要我重旅一回，计数岁月的流程！

这个时候，我读、友读，可别忘了师兄，他应邀与我们一起读。他与我是相处十几年的文友，两人"亦师、亦友、亦兄"！他就是《涵养斋诗词漫笔》的作者，我常呼的昝君——昝福祥先生，是他用不停地笔耕给我送来了精神食粮，让我涵养心性，静静地斋心读书，以回答人生在世欲何求。

我曾一次次在《涵养斋诗词漫笔》六百多首诗词里撷取这朵鲜艳的小花，不断地欣赏或吟读，甚至自我陶醉，于是把它放在"朋友圈"中。

请看（听）：好友昝兄之作，我常读勉励自己。

《诉衷情·写作杂感》："人生在世欲何求？往事已悠悠。韶华志在高远，都画作，浪中舟。无悔恨，自何羞，有金秋。笔耕屏候，灵感萌生，挥斥方遒"。

（见《涵养斋诗词漫笔》217页）

昝先生对这首《诉衷情·写作杂感》，心有所爱，心有所惜，也心有所痛。他把掏心的话送给读者，而自己却躲在"《涵养斋》不辨晨昏，克服寂寞，专心古典诗词研究与写作"。这是他在本词下面留下的一段感语。

读了全词，觉得昝君这位智慧的老者，像站在我的面前，向我倾诉自己内心的感慨和领悟！这儿哪有什么应景之作，哪有什么无谓的自我吹捧。如果说人生像本书，昝兄就是座小型图书馆，他至今创作的一千余首格律诗词，就数量和诗品上都是少见的。我们没有理由忽视一个人生经历丰富、年近八旬的老人，用诗词总结出来的历练结晶！我们更不能忽略这样一位当代诗界的佼佼者的才情和学识！尤其是青年一代应该放下身段，去学习他"笔耕屏侯，灵感萌生，挥斥方遒"的活到老，学到老，奉献终身的精神！

昝君真乃睿智。他把已被词人使用近千年的《诉衷情》词牌，追其本源，搜索到它原本的含义：诉衷情就是倾诉内心衷肠的情愫。看来他采用这首词的词谱，使得"诉衷情"实至名归。而"写作杂感"仅是给"诉衷情这个主题"做了一点解释而已。

全词一开头，如奇峰突兀，令人惊愕！"人生在世欲何求"，这是人问，从而使人想起了屈原的天问。因为在中国文化中，三才者天地人，只有人够资格可与天地并列。如果说天问，"遂古之初，谁传道之？"是屈原对大自然探索形成的宇宙观、认识论，那么昝君的人问，实际上是触及人性的底部进行观察，从而形成对人性的拷问和诘问。这样的艺术表现手法可算绝妙奇巧——它把才华隐于朴质之中。我们常说才华来自实践，但才情的萌生却始于天赋。在这里，我看到了一个经过长期的生活历练的人，是怎样用质朴的语言写出富有哲理的叩问！

　　下面我们看作者怎样回答自己提出的问题。如果是设问，作者无须回答。如果是疑问，作者必须回答。可机敏的昝君却偏偏不予对答，而是"王顾左右而言他"。因为"人生在世欲何求"问题提得严肃而庄重，作者却另辟蹊径像与故友聊天，轻松而幽默地说："往事已悠悠。"往事就是故事，有故事的人，要么是一生波澜壮阔，要么是一生曲折离奇。一切往事都让它随时光慢慢离去吧，历史在这儿翻了新篇。以我之浅见，词中这前两句，一一问一答，显示出作者乃大手笔也。这样运笔之人，我在《笑林》中见过，在史籍中读过，在诗词中吟过。史上淝水之战的谢安，当使者报喜时他在下棋，看完捷报后，他轻描淡写地说了一句："小儿辈，大破贼。"他以区区八万之众战胜了号称百万的大军，此为艰辛，此为军史上"以少胜多"之壮举。再看在诗词中，人人熟悉的苏东坡的笔下，"羽扇纶巾，谈笑间，樯橹灰飞烟灭。"潇洒周郎率军在赤壁与曹军交战，指挥若定，水军奇袭，火攻取胜，一场鏖战像在一席谈笑中就结束了。他们对这些关乎家国性命的重大事件话语轻松，这种举重若轻的用笔手法，何等相似乃尔。尤其是"往事已悠悠"，普普通通的五个字，让人反反复复思忖，在懵懂中惊醒：我们才是岁月长河中的时间人，只有充分把握好时间，才能活出人生的质量和厚度。品诗人之诗，也是品诗人之德，作诗如做人。由此联想到眘君当年，出身贫寒，凭借刻苦和聪慧由高二直接考入重点工科大学，在职场出类拔萃，后又经奋斗当过司局长。而今退而不休，研究古典诗词，学科跨度之大，难度可想而知。令人惊奇的是他不仅熟练掌握了诗词写作规律，还独有心得写成专著。这悠悠往事，哪一件会被丢弃，哪一件会被人遗忘！

接下来作者把抽象思维转向形象思维，为我们描绘了一幅青年时代伟大理想的画图："韶华志在高远，都画作，浪中舟"。青春岁月，风华正茂，坐在岸边的礁石上，望着眼前宽广无垠的大海或是奔腾而来的大江大河，一叶扁舟与它们相伴！这"诗中有画"的美学之感，绝不像一位老人用词的疏远和干涩，而倒像一位青年用炙热的情感，挥洒丹青。

上片诉衷情中，读者领受了对人生的总体认知。看到了澎湃的激流和大海中的小舟；体验着做弄潮儿的气概和济世助人诺亚方舟的慈怀。作者就是要扫除某些老年人回顾往昔的悲伤，用他的才华和力量推开人性中的浊流，开辟出一条新道，让老人们观望崭新的天空！

换头（下片），白驹已逝，"无悔恨，自何羞，有金秋。"这是进一步对往昔的肯定。对人生没有什么悔恨，更没有什么羞愧。人生包含着职场，而职场绝不是人生的全部，退休后人生之路还很长，进入金秋岁月，那里或许是更能施展才华的新舞台。"笔耕屏候，灵感萌生，挥斥方遒"。可以想见，一位思维敏捷年近八旬的老人，熟练地操控键盘，他把创作的激情挥洒在屏幕上，给人们送来丰盛的精神大餐。

《诉衷情》这45个汉字打造成一首词，营造了一种情境，昝君还是昝君，昝君又不是昝君，一切都是那么宁静。

林语堂说过，诗歌教会了中国人一种生活观念，使他们用艺术的眼光看待人生。是的，远方并不是距离，作者隔着悠悠岁月在这里与自己相遇。眼前便是诗，看吧，在激流上搏击的小舟，就在"志在高远"的大海大河上。

如前所述，作者之所以钟爱《诉衷情》，就是它能把情怀诉说得真诚且深情。他曾专门填了题为《本意》的词，他在词尾写道："高标成事，低调成人，涵养斋幽。"在词的注释中，他说《诉衷情》，平韵格流传较广，宜为定格。"这首词依定格，题为本意，即诉衷情。作者书房曰涵养斋"。词最后一句"涵养斋幽"，这幽不仅是幽静，更显示出作者晚年的顺遂。"涵养斋"成了他抒发真情，倾注爱心，挥斥方遒的场所。我把这首词作为学习作词的楷模，转发到朋友圈，迎来数十名朋友的点赞，更有昝君送来的"礼品"。

他专门为我写一首七言绝句《复赵胜勤友》："戈壁豪侠笔鉴猷，愚兄欣赏捧书侯。大千求荐贤哲语，鬓染秋霜共泛舟。"（载《涵养斋诗词漫笔》第126页）"戈壁豪侠"是本人的微信名，何意？本人长期生活工作在戈壁，十年有余，且是人生起步的阶段，那段生活对我后来的成长发展产生着举足轻重的影响。昝君在他的艺术生活中蹚到了我，也或许是我在自己学艺的路上遇上了他，于是话语相投结为朋友。昝君在送我的诗中，夸我笔耕的精神和水平，甚至说我还有什么醒人的语言等。凡此，我都心知肚明，这是给我鼓劲儿打气呢。我自知与昝君相比，才疏学浅，如讲学问，君如一缸水，我才是一瓢。

读罢昝君这两首诗词，胸臆大畅，直觉快哉！忽然想到苏辙写给兄长苏轼的一句话："抚我则兄，诲我则师。"就用这句话为本文作结吧！

（2020年3月16日于北京青年湖）

注：昝福祥，诗人，中国诗词翻译研究中心顾问，主要著作有《涵养斋诗词漫笔》《古典诗词写作启蒙》等。

心灵的呼唤与倾听

——写在《观阁诗词》创刊十周年

我面前放着的这本《观阁诗词》,见证了我十年退休生活的精神生命状态。

有哲人说,"好奇心"潜藏于精神生命之中。文学作品就是人们精神生活的一部分,《观阁诗词》便是作者们精神生活"好奇心"的迸发。作为国务院国资委机关离退休干部,他们把"好奇心"化为想象力,写出了一篇篇诗词,获得了比物质世界和精神世界更真实、更有力的升华,也获得了更有超越性的审美震撼。

他们退休后用《观阁诗词》请回来诗歌这位"文学中的

贵族"。他们在创作诗词时，像忘记了文学中的"虚构"。因为诗歌和他们的内心世界一样，绝对是"忠实"的。他们对诗歌的重视和认知是"直达内心"的，所以他们拒绝心灵的虚假和装饰。他们认为，一旦诗歌流于虚情，无论它的辞藻多么华美，它的生命都荡然无存。由此他们深信汉语言中"言为心声"之说，这里的言就是发自心中的歌声。

诗歌之美，引发了人们对它的兴趣。人老了，退休了，不是生命的结束，他们迎来的是激情燃烧的火烧云，是红彤彤的夕阳红。老同志们创办的《观阁诗词》，就是要在境界上"更上一层楼"，迈步上楼阁，观望星空和风雨。它之所以叫"诗词"，是既要继承中国诗词的传统，又要讴歌新时代的新气象、新风尚。他们面对旧诗词的平仄、押韵、绝句、律诗……高难度的体裁，不畏艰难，敢于实践，以"敢为天下先"的精神，跨越了工科与文科、物质与精神的界限，实现了华丽的转身，真乃是"领导本色是诗人"。涌现出一些在诗界，精于诗道、能上课开讲、著书立说的带头人。更多的老同志学古而不拘泥于古，立足传统又突破传统。他们在写作上有的看似律诗，有的看似绝句，但只要有诗意、有意境，就赋予了新时代的内容，舒展了胸臆，心灵上得到了满足，那照登不误，何乐而不为！

十年来，有多少老干部、老专家、老学者、老领导用各种体裁的诗歌，在《观阁诗词》上进行情感传递与交流，给了我们十年的感动。

这一切内心历程，诗歌满足我们也丰富了我们。有的诗歌承载着哲理的思忖，有的诗歌充盈悲悯情怀，有的诗歌敞开宽广的胸怀，附上老同志深情寄语。《观阁诗词》中，老同志的心灵在驰骋。

我曾披卷深思并发现，有的记述灵魂不朽，有的对生命奥秘进行拷问，还有对抽象的自由和财富之价值的判断。他们面对这一切命题，虽已老至花甲或古稀耄耋，但因学富五车，均以睿智而从容的心境来处之。

十年诗坛啊，它像哲学大师为我们启蒙；它像活泼的儿童让我们葆有童真；它像幽默和理趣的智者让我们更会处理国事与家事。

我手执一卷，犹如面对整个世界，整个世界都在与我们平等对话。我们像在过着一个盛大的节日，所有的老同志都是参与者和奉献者。我们的宽容和无私，我们的慷慨与豪爽，我们仿佛置身于精神的盛宴。我们虽然离开了工作岗位几年、十几年或更长的时间，我们没有觉得离开了社会，也没有什么疏远感，那是党组织关心着我们，我们始终怀着共产党人的初心继续奋斗，从而充满自信、精神不倒，这是我们最宝贵的品质！

此时，老朋友们，《观阁诗词》已放在您的案前，或许您正在呷一口茶，正在喝一杯咖啡，但您的心里却沐浴着温暖的阳光，让我们用诗歌呼喊心灵的对话，让那些令人心旌摇动的诗句聆听您的对答！

（2021年12月于北京）

山水浑厚烟霞古　草木华滋雨露新
——在《黄宾虹与中国文化》雅集上的演讲

尊敬的专家学者、各位女士、各位先生，大家上午好！

西泠桥边，孤山之上，文澜雅集，群贤毕至。文澜书院何晓威副主席、浙江工商大学人文学院院长韩永学先生邀我出席，深表谢忱。我深知对中国绘画尤其是山水画不甚了了，盛情之下，却之不恭。围绕"黄宾虹与中国文化"主题，我想分享三个观点：

一、中国不缺大师，中国又太缺大师；

二、一手师古人，一手师造化；

三、培养新人，功德无量。

中国不缺大师，是说在中国绘画史上出现了灿若群星的大师级人物。人们崇敬大师，学习大师，在前代大师的基础上又不断创新发展。

中国绘画作为中国文化的一部分，伴随着民族文化成长的过程。"书画同源"告诉我们，书法为笔墨和画法揭示了书与画的源头活水。开始出现原始文字和绘画的相当长的一段时期中，虽然它们共同担负着图符记志的任务，但由于绘画较为自由，可以在较多方面发挥其记志功能，因而在一定程度上甚至比文字更为重要。上古时代最重要的官员之一是掌管图籍的"司图"，而汉语中至今仍将书籍泛称为"图书"，可见绘画的影响何等深远。

在母系氏族及其后，人们产生的审美感受是对自然秩序、形式规律的掌握，这种掌握又是从生产过程中的"原始积淀"获得的。点（可能是打击石器之一击）、面（可能是磨制石器之一磨）、线条既是表现美（抽象的）产生，更是最后发展到绘画和书写的基本手段。比如夏铸九鼎，以饕餮为代表的青铜器纹饰，就是以图像将各方风物描绘出来，然后在钟鼎器物上把各类都铸造下来。大量的青铜器文饰凶怪、残忍、恐怖，呈现给人们神秘的威力，也同时展现出狞厉的美，荡漾出那个时代不可企及的中华民族的"童年气派"。现在讲中华文明，一般从周的制度入手。周人在经济制度上，实行井田制；在政治制度上，实行封建制；在社会制度上，实行宗法制；在文化制度上，实行礼乐制。这四项制度奠定了中华文明的基础和底色。到了春秋时代，周王朝开始名存实亡，诸侯国争霸，到了战国时代与春秋已有天壤之别，大国强国要把小国弱国吞并，历史开始迈向新时代。尽管如此，中国原生文明认同战国七雄原是自己生存的"祖国"，四书五经铸造了自己的价值观，百家争鸣奠定了自己的文化基石。正是这些文明因子给中华民族的生命状态注入了活力。秦汉的统一，强调王权下的文化统一，文字的统一促进了文学与史学的发展，使得文史记志成为典籍中至高无上的经典，而绘画性的"图"在文化上的地位一落千丈，从"礼仪"的标志变成了百工之中的一种技艺匠作。位列三公的"司图"之地位，被"太史"所取代。

中国画起初画作是不署名的，就好像《诗经》一样，大众创作，采风而来，至今找不到诗歌作者。直到魏晋南北朝，一个响亮的口号"凡画，人最难"，把绘画引导到人的精神表达的高度上。提出这个口号的人就是东晋的顾恺之，于是后来被画家和艺术界推崇为"画家四祖"之首。从此中国画的大师出现了。大师的出现表明画坛有了带头人，中国画便展现出新的景象，中国文明更加充实。

中国绘画语系的逐渐形成，从初唐到中唐绘画逐渐由人物画转向其他绘画门类，由寺观壁画的广泛制作转向了更重视卷轴画的创作。吴道子所创的笔法，他把"有常体而无恒形"的山水题材得以充分表达。到了李思训、李道昭父子手里，他们又对山水画的着色和用笔做了进一步发展，创造了一种新的画法，并用碧青和金色共同着色勾勒，使山水画具有浓重的装饰趣味和审美效果，山水画走向了第一次变革。到了唐代著名诗人王维和晚唐画家王洽，也都是画坛的一代大师，他们打破了精细艳丽的描绘，用水墨做晕染，创造了"破墨"的技巧，开创了水墨画之先河。

　　五代至宋初，出现了四位在山水画中做出里程碑式贡献的画家，他们是荆浩、关仝、董源、巨然，史称"荆关董巨"。他们四人当中，两南两北，并有师承关系，由于他们的努力和各自独特风格的形成，使得山水画在总体上形成了南北流派的不同风格。这个时期在理论上也有许多成绩，最突出的是唐代张彦远的《历代名画记》，这部在美术史上相当于司马迁《史记》的巨著，一直影响到北宋、南宋及明清。宋代画竹名家文同提出"胸有成竹"的理论，成为绘画发展中继"画蛇添足""画龙点睛"之后又一新的认识台阶，而"胸有成竹"便成为中国使用最广泛的成语之一。在绘画向"工巧"推进的同时，才华横溢的画家们已经翻开了写意画的篇章。宋代文人士大夫把绘画作为文化修养和风雅生活的重要部分，出现了司马光、欧阳修、沈括、黄庭坚等人，他们都对写意画发表过精辟的见解。11世纪后半叶，汴梁一些文人名士主要是当时的政府官员的诗文书画活动相当活跃，其代表人物有李公麟、苏轼、文同、王诜、米芾等。他们共同的特点是都有精深的文化修养和书法造诣，绘画多为即兴抒情之作，追求主观情趣的表现，艺术上力求洗去铅华而趋于平淡素雅，力倡天真清新的风格。米氏云山创造者米芾、米友仁父子的小景山水，丰富了中国山水画的笔墨，同时揭开了写意山水的序幕。用山水来写意，这是中国画对世界绘画史的贡献，从而大大丰富了中国文化的内容。

  元代统治者把人分为几等，而文人沦为社会的最底层。正如历史要走向危机一样，中华民族就有力挽狂澜的人物出现。画家们选择文化与命运抗争，从而完善不圆满的生命。正是这种选择使他们创造完成了划时代的文化使命，发展了各自的文化符号，成了中国绘画史上不可缺少的一环。这次绘画上的转折主要表现在山水画的形式转变。元代画家以"元四家"即黄公望、王蒙、吴镇、倪瓒为代表，在社会动荡与人生大波折中隐迹于山林潜心绘画，使得宋代细致精微的中国画产生了一次大转折。他们不仅把对祖国河山的热爱与对元代统治阶级的心理抵制寄托山水画中，也使山水画的艺术特征更能全面反映这种变革的特色，在艺术上更有典型的代表意义。这是对以往所有艺术概念与艺术手法的一次巨大冲击，也是中国画一次新的"升格"。就在短短的元朝，山水画在中国画发展史上有了举足轻重的地位。当时以赵孟頫大师（尽管他在元朝为官）为中心的一批文人画家，他们诗书画兼擅，把诗书作为绘画语言，强调书画同源，以写法入画，追求笔画自身的审美功能，终于使书画在分流千余年后再度合流，达成新的统一，为后世中国画发展做出了别开生面的贡献。

到了明清，画坛多变，出现了一些有影响的绘画流派。明代中叶以后，浙派、吴派较有影响，吴门画派的影响尤甚，他们代表了明代中后期中国画的主要成就。董其昌代表了这个时代集大成之高峰；徐渭与陈洪绶则是明末画坛中最有影响具有特殊创造性的代表人物；"明四家"（沈周、文徵明、唐寅、仇英）的成就代表了明代画坛的主流。明清之际，各类题材手法、各种创作理论加上各项技巧形式，也呈现出空前繁荣。有民间的，有宫廷御用的，有独行侠似的，有集团型的，有被统治者标为"正统"的，也有被百姓认同的，还有被士人标为"怪诞"的。明末清初，以石涛和"八大山人"为代表的"四僧"，稍后以郑燮为典型的"扬州八怪"与著名画家华喦代表的"扬州画派"，他们无一例外都是中国画创作中的创新大师，也无一不被后世视为宝贵财富。清末最有影响的画家应首推吴昌硕，他的作品将中国文人画中诗、书、画、印的传统结合得天衣无缝，堪称一代宗师。正是在这些大师的推动下"文人画"大普及，"文人画"因其具有强烈的"文""人"与"画"的民族特征，集中体现了民族文化中最精华的思想和民族的希望。

随着20世纪中国社会剧烈变革，中国画面临着西洋画的强烈冲击，也呈现出较为明显的文化取向与创作特征。在近现代画家中，最有代表性的是"北齐南黄"（即北方的齐白石和南方的黄宾虹），他们作为继往开来的宗师级大师，地位之所以不可动摇，是因为他们在面临否定中国文化的各种思潮冲击时，默默耕耘，占住本位，不断创新，真正代表了民族文化的修养和内涵，给我们留下了宝贵的精神遗产。也正是在这样的背景下，潘天寿、傅抱石、李可染等中国画家才可能涌现，他们的法式和路数才会成为一种时代特征被公认。

上述表明，有了一代又一代艰难跋涉的大师，才有了中国画的今天；有了一群又一群不失本根的大师，中国画才称得上不同于其他国家的绘画。

改革开放以来，中国画家终于走出了西方文化的误区，清醒地认识到"文化升格"才是当代中国画发展的首要课题。他们从更深的艺术自律中与更高的文化品格上来反思时代对艺术的要求，与艺术家对时代的追求，探索新时期中国画发展的必由之途。

在社会转型中，思想活跃，创作也繁荣起来。这繁荣的背后，是一个由几千年小农经济社会，迅即变成工业的社会。计划与市场的冲突，让人们猝不及防，惊变之中而目瞪口呆，于是怀疑迷茫。这个已由一元化时代，转化为多元化的时代，它不断冲击着传统的观念和价值。

当前，大批新人蓄势而发，而前进的路上又有障碍物挡道。如果只看到欣欣向荣的一面，只能使大家离心离德，中国画的发展就会走偏方向。只有清除暗角，让人们涵养心性，魂归本分，静定归真与时代相匹配的画家群才能出现。国际黄宾虹研究会顺时而为，应运而生，它的使命是继承黄宾虹民族文脉的内美和"深厚华滋本民族"的审美理想和追求。

传承中国画的精神内涵，"一手师古人""一手师造化"是每一个中国画家都要面对的问题。只不过每个人对"师古人"与"师造化"的理解和实践不同，表现的结果也千差万别。黄宾虹借古开今，成为山水画一代宗师，是他以求道的精神对"师古人"与"师造化"做出了毕生的追求，这也正是他对中国绘画和中国文化深刻而独到的理解。

黄宾虹面对清末中国画只知临摹古人，千篇一律，毫无生气的衰落之势，果断地恢复了以造化为师的传统。他在"师造化"中，游踪遍及祖国各地，直到70岁时，他已游历了近30个省市。也正是70岁的他，绘画造诣完全"背离"了曾经崇拜的新安画派道统，而博采宋元，打通众家，取精用宏，成为摒弃新安地域传统的"叛逆者"，形成了"山水浑厚，草木华滋"的艺术风貌，使绘画中充满了自然的生机与生命的气息。宋代绘画的写生方式为他提供了丰富的笔墨意趣与内心感受的法门。在他看来，"师造化"就是学习自然，体悟自然，而写生本就包含在造化之中，写生有两个前提，一是学习笔墨，二是明了古法。他在自己游踪记忆中作画，在写生中体悟理法，终而化之。所谓"法从理中来，理从造化变化中来"，黄宾虹就是通过自然印证古法，又由古法感受自然，从而将"师古人"与"师造化"相贯通。他"师古"并不泥古，他"师迹"并不依样画瓢，他师"森罗万象"又与"中得心源"相结合，"运造化于掌上，显万变之象于笔端"，形成了山水艺术上的独特风格。正如人们喜欢用"黑团团墨团团，黑墨团中天地宽"来形容他的水墨创作一样，他创造出高度纯化的语汇，能令人格与山水画的内美交相辉映，实现了他所说的"江山本如画，内美静中参"。由此不难看出，黄宾虹成就的背后，不仅垫伏着几百年乃至上千年中国绘画的历史传统，而且将造化与传承结合，成为不断创新的文化动因。

新一代画家，如得虹翁"一手师古人""一手师造化"真谛，中国绘画将会迎来更大的发展。

至于培养新人，虽是专门的话题，但这是人人都明白的道理。关键是如何培养？中国绘画人才是具有独立人格，独立思考，用心体悟自然的人才，他们不是随波逐流、应景而作的庸俗之辈。他们的培养主要是靠"自培"，而不是全靠别人的"栽培"。他们应擅于掌握艺术规律，从而做到对艺术规律的认识、揭示和把握，并有赖于社会经济与文化对这样规律的普遍适从与促进，作为自己绘画实践的准则。如前所说，无论是哪个时代的大师，都是具有深厚的学养而厚积薄发的。我们可以预期，在中国文化熏陶下，一批有高人指点，又实践"师古人""师造化""中得心源"，有造诣的画家一定会活跃在中国画坛上。

各位女士、各位先生，当高科技浪潮冲击着我们感到茫然若失而产生浩叹时，今天，我们沿着美丽的西湖畔登上孤山，走进了"黄宾虹与中国文化"雅集，来品读虹翁的山水画理论，欣赏他的作品，找到了心灵回归大自然和家园的感觉，毫无疑问这对我们每个人都是一次提升。谢谢！

（2016年10月21日发言，2017年6月文字整理）

注：本人声明，文中援引的有关绘画史多为陈绶祥先生的著述，而引申出的其他观点由本人负责。

"道德"趣谈

汉字中每一个字都有深刻的含义。当我的人生跨入新华社大门时，正赶上全社的"练字"活动。从老资格的社长穆青，到刚参加工作的编辑记者，大家一起参与，一视同仁，从练字、练词、练句开始。总社要求每发出的一条新闻，必须遣词造句短小精悍，做到字斟句酌，不能有多余的字句甚至标点符号。时隔几十年，每见孙子辈上小学在练字，"道德"两字时不时就在思维和梦境里浮现。

"道"字，本义如何，引申义又怎么使用？"道"原指人工修造的，供人和车马行走的。"道"在甲骨文中歧义很大，学者争论也很多。但发展到金文，它的含义便清晰地表现出来。"道"是在笔直的大道上,远远能看见对面来的人脸。这种表意来自西周早年修建的中国历史上第一条人工大道,史称"周道"。从国都镐京(今陕西咸阳附近)到东都洛邑(今河南洛阳附近),修建的大道也称"王道"。《诗经》记载:"周道如砥,其直如矢"是说周道平坦的像打磨过一样,笔直的像射出的箭一样。

而路却是人踩出来的,正如鲁迅所说:"地上本没有路,走的人多了,也便成了路。"路可以弯弯曲曲,像爬山的山路,可以听到对面来人的讲话,却看不到人。

径是斜路。说来话长,道、路、径竟都与周代井田制有直接关系。在井田制中,方格田对角走出一条斜线,两边的直角线之和大于对角的斜线。当时的人虽然不知道这是后来中国人发现的"勾股定理",他却知道走斜线,省力省劲,却破坏了庄稼。一个农耕民族视食为天,践踏庄稼是大逆不道。后来由于汉语言和文字的发展,原为贬义的径,竟成了褒义,像"另辟蹊径""独辟蹊径"比喻另创了一种风格或新的方法,那就另当别论了。

"德"字,在甲骨文和金文中表达的意思大致一样,是指走在带有岔路的大道上,眼睛直盯着前方,专心致志、一心一意往前走,顺道而行即为德。

道与德两字合为"道德",出于哪个年代,本人没有考证。只知到了西汉，因尊崇经典，老子著的《老子书》成为经典，而书名便取为《道德经》。由此看出汉语言的智慧高深、高明之举。中国人把伦理提升到道德的高度。《道德经》上篇为"道论"，讲的是宇宙观、自然观；下篇为"德论"，讲的是社会观、人生观。可见，老子为中国哲学第一人是实至名归的。

从轴心时代开始，我们的先人就偏重对社会观、人生观的探索，其唯一的原因是我们地处东亚这样的环境，是一个人口众多的农耕民族。老子用哲学语言（形而上）来表述，而一般百姓是难读懂的，于是智慧的中国人用老百姓的语言（形而下），来理解其中的含义。中华文明起源于黄河流域，在中原地区以河南为主包括陕西、山东等一带，至今仍保留着"dei"这个音（当然"中"这个古音也保留着，其含义也很深刻）。这是农夫赶牛车马车发出的口令：驾—启动；dei—直行；窝—拐弯；驭—停下。这第二个字dei就是让牛马顺道直行叫德。真是德中有道呀。其中第一个字驾与第四个字驭，又演化出一个新词"驾驭"，就看你掌握牛马行进的能力和水平了。一说到德，有人会想到人的德行如何，但这里说的德是指物德，万物有德。《道德经》中说："万物莫不尊道而贵德。"你看道与德又连在一起了。清华大学的校训为："自强不息，厚德载物"。"道""德"二字或说"道德"一词，深藏在一个哲学的命题里，它伴我走过了古稀，更陪我到耄耋之年。

（2021年10月10日）

侃过年

年，年年得过，人人得过，不过不行。

现代人认为过年就是"团圆"，是中国文化中最重要的。

但从根说起，先人对过年不这么认为，因为他们没有"团圆"的概念。大家都住在一起或住得不远。进入部落联盟时代尤其是农耕时代，孩子围着大人转，孩子围着孩子转，都不会走得太远。姑娘要结婚先是"走婚"不用出门，后是出嫁要媒人介绍，媒人能认识几个远门的人。作为男子更是"父母在不远游"。

中国人过年没有上万年也有好几千年了吧。现在我们考古，一般要有实物证据，还要有文字记载，这说起话来才有依据。远古的事,我们说不清,可有文字记载的甲骨文中,"年"上面是个"禾",下面是个"人"。禾指的是中原地区的谷(糜)子,人们经过几百年上千年的时间从"马尾草"中培育出来的。"锄禾日当午,汗滴禾下土。"就是在炎热的中午顶着热辣辣的太阳,去锄掉谷田中的杂草。作者写出了农民耕作的艰辛。这个年字的含义是一个人背回一捆谷子,把它储藏起来慢慢享用。后来在《说文》中为:"年,谷熟也。"进一步说明,年是春种、夏长、秋收、冬藏这一个过程的结束。所以今天在农村还有"年成"这个说法,指庄稼长得好坏。由此看出,先人把年当成时间单位。直到近代天文学也用"光年"来衡量天体之间的距离。古人对年还有一层含义,就是耕作一年了,该歇歇了,现在的话叫休整休整,这算是过年。

中国文化中民俗文化很是发达,把"年"演绎出许多动人的故事和传说,有的久而久之形成习惯变成风俗,有的还成了禁忌。

古人过年从立春那天开始,一直到春节以后(少数年份是立春在春节之后)都是年。可见,年相比节要过的时间长。"正月都是年"的说法一直流传至今。

那么年怎么过呢?这就和"春"联系在一起了。农历二十四个节气中,第一个节气叫立春,它比过年还重要。因为春是一年的开始，立春表明开始进入春天。"一年之计在于春"，春天的事一开始就必须认真做好，象征着一年最大的事在春天。什么大事？就是播种。

人常说"万事开头难"，就像播种这样的事，解决了这样的难事，一年就有希望。为什么有首歌唱：在希望的田野上，希望什么？希望有个好收成。因为春是播种的季节，关系一年的生计，所以后来才有了"春节"这个词，并把它作为过年的代称。

一年中最后一天是结（节）尾也是结果，就是大年三十，也叫除夕。除就是告别的意思，夕为晚上，岁除之夜，准备迎接新一年的第一天到来。老一辈人都保留着"守岁"的习俗，就是三十晚上不睡觉，等待初一那一刻的来临。"守岁"让我们感受时光的宝贵，时光的有限，时光也是匆匆而过的。我们得守住属于自己的时间和生命。这一夜非比寻常"一夜连双岁，五更分两年"，人们通宵点灯，以防邪气暗中袭人。这是一种民族心理，守岁的内涵太丰富了，守中就有等待的含义。等待又是盼望，盼望远在他乡的亲人儿女尽快回家，也盼望明年比今年收成更好等，如此多的期盼也都集中在这一个晚上。中国人的这种观念体现在"天人合一"的自然观中，表达对生命的敬畏。这是除夕的本意，并不是后来演化的故事，"夕"是一种怪兽，每年到大年三十来袭击人类，寻找食物。人们要在头年腊月三十与正月初一交接的关键时刻燃放爆竹，吓退怪兽。爆竹是在火药没出现之前，用火烧的竹子，发出噼噼啪啪的响声，后来有了火药，燃放鞭炮烟花，这种响声和烟花代表着喜庆，祈求幸福，当然也有民间趋吉避凶的心理。洋人过年是狂欢，我们虽然也欢庆，但我们的心理却复杂得多，其情与意也深切得多。我们已进入信息化时代，农耕文明渐行渐远，但过年的文化仍停留在大脑中。过年这一民俗是一种集体的心愿，没有强迫，是对美好未来的憧憬。

第二天，就是新一年的第一天，叫"元旦"也叫"元日"。元就是第一、开始的意思；旦字，上面日就是太阳，下面一横线代表地平线。意思是早晨一轮红日，冒出了地平线，照亮了世界。街坊邻居、亲戚朋友，互祝问好，恭贺长命百岁，财源滚滚。更有人想到：我国有所很有名的大学叫复旦，人们常常弄不清它的含义。复旦本义，复，重复；旦，早上的太阳，光芒四射，生气蓬勃。

这过年呀，早在一百年前辛亥革命推翻清王朝，废除了传统的以皇帝的年号为纪年（比如康熙某某年），为了和西方世界接轨采用公元。民国时期，我国97%以上的人口是农民，从事着农耕活动，所以仍然保留农历纪年，好指导农业生产。直到今天您的日历上还印着这两种纪年。由于采用世界大多数国家的纪年历法，所以把原来的"元旦"就移到公元新年的第一天，而把原来过年的"元旦"改叫"春节"。

"春节"在汉语中原本没有这个词。你去查《古汉语词典》或唐诗宋词，没有说过年叫春节的。从辛亥革命以后才出现了春节一词。

春节和过年意思差不多，但年和节还是不一样的。节是先人在无文字出现前记事的标志：在一根绳子上打个结（即节的同音，也是通假字），记录下大事或重要的事，或是一件事的结束（结果）。这样看，古人把过年拉得很长，使用公元把过年叫春"节"，过年的时间就短了些。但"春节"一词，人们也就很快接受了。因为人们把最美好的时段比喻为春。比如人生最美好的阶段叫"青春"，说你虽老但焕发着"青春"朝气。著名作家王蒙的成名作就叫《青春万岁》。

小时候我最盼望过年。现在想想，小孩盼过年是符合自然规律的。因为过一年就长一岁，希望快快长大。由于童心而盼好吃的、盼换新衣、盼压岁钱，这是人之常情。家乡有首儿歌，让我一唱就是好几十年：二十三祭灶官，二十四扫房次，二十五拐（磨）豆腐，二十六蒸馒头，二十七杀公鸡，二十八贴嘎嘎（对联），二十九去打酒，三十吃年饭，大年初一，撅着屁股去作揖。

中国文化中很讲这些习俗和仪式。以上的儿歌，就把春节的仪式融于一个农耕民族的文化之中,把这些仪式又寄托在春天身上。

中国人过"春节"图喜庆,叫"红火",火是红色的所以把烘火叫红火。最初,正月最隆重和欢乐的是烘火。烘一堆火,大家围绕火来载歌载舞。中国的春节给我们送来的是红红火火的人生场景。红火,在我们民族的人生观中,有红火才有激情,人才对生命给予极大的关注和重视。但"红火"可以,不能"过火"。中国文化的"中庸","中"就是要适度,不能超越底线,越线就叫"过火"。为了防止"过火",民俗农历二十三(小年)有祭灶一说,其故事来源于灶王是管火的。管火之王的职责是掌握火要适度,也叫"火候",所以人奉它为"灶神"。

现代社会的发展,尤其是互联网的发展把许多过年的习俗改造了。比如一线大城市居住拥挤、人口密集、易燃材料多,不准放鞭炮烟花,只有在电视上能看到五彩缤纷的烟火,在广播里能听到噼里啪啦的响声。总的讲,过年只能喜庆不能冷清。

春虽好,但春是个缺雨干燥的季节,所以立春之后的第一个节气叫"雨水"。人盼雨,地盼水,真是"春雨贵如油",这正是我们心境的写照。春与春节因为天气干燥容易起火。所以要特别防火。防什么火,就是防"过火",这样就不需向消防队报警了；防自己的"心火"，这样家庭就和睦了。

今年是农历十二生肖中的牛年，牛是农耕民族的伙伴。它们为我们付出，我们嘉奖它并授之"老黄牛""孺子牛""拓荒牛"的称号。

侃到这儿，真有"八千年春色尽收藏"的味道。收藏年的知识为了继承好的传统。如果因收藏而深谙历史，那便有了智慧，去传承中华民族传统文化之精髓，反之由于卖弄而显浅陋浮躁，大好春色也会被践踏而无光。

（2021年春节于北京）

明月的遐思

不是乌云密布，就是绵绵细雨，偶尔还下会儿暴雨。这天呀！是八月十五不让看月圆了。

北京百姓有个老习惯，八月十五晚上，搬上个小茶桌，四合院的人聚在一块儿，摆上月饼沏壶茶，边赏月边喝茶，天南海北聊起来。现在的年轻人还提来了二锅头和花生米、猪头肉。这今年的八月十五，聚堆儿神侃看来是不行了。我的朋友还发了一首长诗给我叫《望月有所思》，开头就说："昨夜连绵雨，惹人万古愁。"说的正是八月十五看不到月儿圆。

老天爷的脾气，很难琢磨，昨夜连续雨，今天万里晴。

这不晚上天公作美，送给我们的是明月高悬，星光璀璨。男人们觥筹交错，推杯换盏。女人们聊起家常，促膝长谈。儿童们嬉笑玩耍，一派欢乐。今年春天遇到干旱，夏天又遭到了洪水，八月的收获来之不易，欢聚一下理所当然。我去的四合院就在什刹海旁边。只见一位中年男子拿着一把二胡，拉起了《春江花月夜》，春天的江面上，夜色之中一轮圆月映照着江边的鲜花。江与水，诗与画，结缘不浅，一幅浓墨重彩的图画。一位教师模样的女士激情朗诵："春江潮水连海平，海上明月共潮生。滟滟随波千万里，何处春江无月明……江天一色无纤尘，皎皎空中孤月轮。江畔何人初见月？江月何年初照人？人生代代无穷已，江月年年望相似……"诗人张若虚这时正站在江边咏叹。北京虽无江却有"海"，同样是感叹人生虽活不过月亮，但作为一个永恒的个体像江海一样融入自然而长存。

　　我这位老人，抱病休养，等晚饭后拿手机拍个满月，作为我的"年轮"保存下来。"轮"这里指的是圆，年轮是满一年了留下一圈的痕迹。正像满月的时候，人们期望的就是"花好月圆"。正所谓花好月圆后，花便开始衰落，月开始转缺。人生如亏月，或许是要穿越黑暗，或许是要"由来征战地，不见有人还。戍客望边邑，思归多苦颜。"（李白《关山月》）这不正需要勇气、信心和自信吗！人的一生，其实是乐少苦多，要不人怎么会总结出：如意有一二，不如意有八九呢。白天看日烈，晚上望月圆，这是两种感受。烈日让人生出奋发与理念；圆月才会生发温柔、伤痛和回顾，这是亘古不变的"隐律"。有人羡慕我说：你工作在戈壁荒滩，后到地市，又到省城，最后当了一名"京官"。可谁知其中"月圆"是短暂的，而"月亏"才是长期的。人生就是如此，一次圆满了、成功了，下一个圆亏正等着你，奋斗是久远的。人就是这样循环完成自己的旅程。

孩子们吵嚷着要到馆子吃一顿，说今天是天上月儿圆，家庭大团圆。我心想孩子们都成家立业了，凑在一起吃顿饭也不容易。行，咱们就去！人老了要学会听话，不能犟。他们瞄准的是簋街的"胡大"川味餐馆。一家人得有个包房，服务员正要领我们进一个包房时，一抬头只见"二分明月"匾额挂在门楣上。说也真巧，八月十五，我们吃饭的厅房也叫"二分明月"。我暗想这今日今时碰上了这个餐厅真是巧遇！八月十五，天上有明月，人间有月饼，二分明月是我们的包间有天下月亮三分之二的光辉！我问上大学的外孙女和上高中的孙女，"二分明月"是什么意思？她们个个都直摇头。不知也好，因为前人有言在先："知之为知之，不知为不知，是知也。"我说这是一首唐诗，作者叫徐凝，他写的《忆扬州》，扬州就在长江边上，他写这首诗不在江边，就在船上。江与月，月与水，水与诗，看来它们之间有天生的缘分。

后两句是:"天下三分明月夜,二分无赖是扬州。"字面上的意思是天下月亮的光华有三分吧,可爱的扬州就占了二分。可见扬州在唐朝时是多么的美丽,多么的繁华,又多么的温馨。你们读读徐凝那首诗,就知道这是一首怀念人的诗,或者叫怀念情人美人的诗,但标题却不说"怀人",而是说"怀地"叫《忆扬州》。忆,本身就有回忆、怀念的含义,暗指对月光的眷顾,这种艺术手法确实高明,也难怪到了后世竟在扬州出了一批另辟蹊径的怪人,人称"扬州八怪",他们的诗画无论主题还是艺术都令人刮目相看。这也许是我的猜想,但有一条徐凝的《忆扬州》前两句写人,后两句写地,他运用的是律体绝句"一笔荡开"的手法,让人思维无度,纵横潇洒,寄意无穷了。竟然还把无赖这一可恶的贬义词悄然变成褒义赋予昵称,这不叫奇思妙想叫什么?后人没有辜负他的期待,干脆把"二分明月"作为扬州的代称了。

晚饭后,我在阳台上拍下了最明亮、最可心的明月。我默默地问自己,月亮与中国人的审美渊源为什么这么深?八月十五这一天,为什么会生出一种温柔、回顾和思念的情愫?

月儿呀,你是我瞻前顾后的伴侣。因为有了你,我便有了回忆和遐思。

(2021年9月21日)

思念是种萦绕

思念在心中，思念在脑中，思念更在梦中。

梦中，夏天像摇曳的裙摆，少女妙龄的故事。

醒后，睁开惺忪的眼睛，萧瑟秋风掀起我双鬓白发，微微飘动。

我伸了伸懒腰，独依幽窗，眼前轻轻浅浅的往事和岁月，编织成一帘幽梦。梦中遇见了千年之前的乡亲李商隐，他怀着满腹诗才，牵着我徜徉在一潭幽静的湖水边。其实我并不喜欢他的这种缠绵。你们呀，不是用红豆[1]，就是用灵犀[2]在

---

[1] "红豆"是（唐）王维《相思》中句。
[2] "灵犀"是（唐）李商隐《无题》中句"心有灵犀一点通"。

思念情人和妻子，而我思念的人，却是在最好的年华里、在最困难的时光里遇到的。那首《端居》虽未跳出思念妻子的思维，但给了我另一种思维。它把我推进思念的漩涡，我的心中时有波澜，我的脑中时有涌动，激起我对往事的回忆。

这时我醒了，但却闭住了双眼，把思念轻轻地留放在梦里。我不惊动它，我也不激动，让思念的涟漪泛起一层又一层。我好像摆脱了李商隐思维的捆绑，心才舒展地松了口气。

岁月若白驹过隙，那么多人，那么多事，组成的故事，都挤到我的梦中。我轻轻地问候，他（她）们有慨然应诺。

我醒来，往事还在萦绕心头。人在人世间，谁说"远书归梦两悠悠，只有空床敌素秋。阶下青苔与红树，雨中寥落月中愁"。我可不能"端居"在那里，只思念妻子，我记起了太多该思念的人。鼎力相助我的人啊，到哪儿去了？给我点点滴滴的人也见得不多。正是他们无论是给我甜，还是给我苦，都让我的生命充满了够味儿的生活味道，都让我的灵魂有了生气。凡曾经走进我生命的人，我都应该深深地鞠躬！怀念他，感谢他，思念他。

现在，我想见的人很多，正像他们一样走过深秋，开始漫步到初冬。我想见的有的已经作古。夜，雨色不要凄寒，月色也不应冷清。金黄的秋叶能把迷蒙的雨色驱走，迎来月朗的晴空。在李商隐面前，我有一种解脱感。我想谁，就打开手机视频,用萦绕头脑中的老形象对照新的面容,但新的面容又回到萦绕当中……

(2021年10月20日)

读书心语

读书心语,不是读书"新"语,是读书、读人、读世界后,由心灵产生的心声。或许您在哪儿见过这样的心语或是大同小异的话,那不是抄袭和雷同,而是读书人心有灵犀。

与母同登仁寿山

兰州四周都是山,可套用古人曰:环兰皆山也。众山之中有座仁寿山。"仁"是儒家思想的核心,仁者爱人。"寿"原本是空间概念,后引申为时间概念,比喻长寿。"仁寿"二字组合有施者仁爱、寿比南山之意,这该是最吉祥的意象。母亲90岁时,我68岁,仁寿山的母子两人合影竟成了我们人生的永诀。

仁爱是无限的,而寿命是一种期待。一想到爱与死,这两大主题,内心便撩动起无限的感怀。92岁那年,某天母亲因噎而想吐吐不出，坐在沙发上黯然逝去。仁是属于她的，寿是上天恩赐，其实我们的一切都是属于自然的。

（2014年9月10日）

厥功至伟的母亲

北方有句谚语："从小看大，三岁知老"。反复琢磨这句话似乎很有道理。一个人成长在什么环境下，就会形成什么样的思想观念。至于"三岁知老"指的是人在幼儿时期（0～3岁）大脑中形成的第一印象，直到老都会发挥着潜移默化的作用。这是因为人与其他哺乳动物不同，三岁之前孩子没有任何行为能力，全靠别人养育。比如他饿了，只有两个动作在表达：一是大声啼哭，二是张着小口呈吃食状。他的这种行为是为了生存。他的大脑中就打下气味、声音及相貌印记等。这种给他喂奶三次以上的行为，便成了依恋，而依恋就是情感的起点。这时的情感特点是1对1，假如你给他块糖，有的孩子会迟疑一下，这是他在辨认原来的人给我，现在换了个人给我，这糖是原来的糖吗？我们常说人性有善与恶的两面。3～6岁是成人对孩子的诱导（或叫训导），特别是父母的训导主要是立规矩，他对事物会形成初步的对与错、好与坏的核心判断。而人格就是在这种社会行为中形成。起点是情感，情感的起点又是依恋，由依恋就建立了信任，慢慢扩展到亲情再到友情、爱情。人的智力靠遗传，个人的技能靠后天。中国人常说，要做好人，就是把父母的养育与教育相结合。

　　心理学家认为，3~6岁是形成性格的关键期。人们说的"性格好"或"性格坏"的行为模式在此期间建立。模式一旦成为定式，便有了支节定式、思维定式、行为定式等。有的人自私自利就属于思维定式范畴，因为他在3~6岁时，多次做出自私行为而未能得到制止，到后来要改变自私的行为就很难了。

　　国外有不少女性大学毕业工作几年后，结婚生子，退职回家，陪伴子女，等孩子大了再工作。更有甚者从此再不工作，成为"全职太太"，由母亲陪伴着孩子，与孩子共同成长。母亲的素质不仅决定一个家庭，还决定一个民族。

　　让女人们带着自信和微笑，去培育一个民族吧。母亲啊，您厥功至伟啊！

（2014年4月2日母亲去世后，有感）

苦难与善恶

由一个四肢爬行动物进化到一个直立无毛两足的动物，人把自己叫"人"。这是为了自己与原始动物区分。人为什么要进化？怎样在进化？传统的说法：人会制造工具是与动物区别的标志之一。近年来，越来越多的科学研究颠覆了这种传统说法，证明不少动物也会制造和使用工具。普遍的说法是人的进化是由自然进程所规定的。更多的人认为是环境变化威胁人的生存，他们用了几百万年由爬行动物进化到直立人，再用几十万年由直立人进化到智人。所谓进化，只能前进而化之。不能后退，就像一条"单行道"。进化中自身所有的痛苦和苦难等，都交由躯体去承受或消除，同时迫使大脑变大、变复杂来与躯体共同承担。由此可以这样说，人的进化过程，就是人类的苦难史、人类的心灵史。

想想你是否腰椎间盘突出，是否膝关节、踝关节发炎疼痛，是否患有高血压，还有女人分娩时的危险等。人身体的痛苦是人的不完美的表现。从根本上讲，现代医学是无法根治的，说是人类的苦难史是一点也不为过的。更为严重的是人类的心灵进化发育不健全。在动物时，心灵就是本性，无所谓善与恶。而进化成人后，原来的兽性没有完全退化，而人性中又添加了恶性的因子。本性便由善与恶构成。一个恶包含了善以外所有的根性被称为劣根性。比如狠毒、敌视、蔑视、嫉妒等，这是进化前"先人"始料未及的。个体人不完美，终究造成人类的不完美。你所阅读过的著名经典小说，都展现着一个民族的心灵史，无论哪种心灵史都是不完美的，人们由此发出"做人难"的叹息！

善与恶占据着人性。因此要及时行善，才能不断扩大善的地盘，否则因你的迟缓，善的领域会不断缩水而干涸。而恶就会趁机扩大自己的地盘。人，立身处世，要懂得扩大善的地盘，如果不会珍惜，随意泛施善意，你在世上反会被人所欺。

（2020年2月15日）

财富·浅薄·偏见

我曾写过一篇追忆与朋友友谊的散文，名叫《一个优婉的安慰者》。

写作前，很长时间在头脑中盘旋。盘旋的不是两人的友谊，而是想我们是在什么样的环境下认识的，我当时的心境如何，我是高居于他人之上呢？还是位低于他人之下呢？或是两人完全是平等呢？我与朋友相处有何功利想法？我忏悔我的"卑鄙"。于是动笔之前已立三条规矩也是随感作为写作依据：

（一）一个有故事的人才算真正拥有财富。当时我自觉卑微，我对朋友有种说不出的羡慕。但"士别三日，当刮目相看"，我又"高贵"起来了，优越感油然而生。比如自己的感觉是比别人更富有、比别人职位高、比别人更聪明……现在看来这些都是低级趣味。真正值得回忆的有意义的是我们的经历，这才是拥有财富的人。

（二）"宏大事件"即辉煌与胜利，在宇宙尺度面前，只不过是瞬间即逝而已。而"激情华年"的生命，无论多么波澜壮阔，终其一生，再摸爬滚打不过是滚滚红尘里的烟火人事。而你卖弄的才华，在别人眼里只是一种浅薄而已。

（三）人的本性是有偏见的，偏见的本质是对外界的认知层次太浅。比如你只看到了他的聪明，而忽视了德性；你看到了他的能力，而忽视了野心。人们常犯的毛病是喜欢用标签识人，写文章的人之所以浮浅也是这个道理。

规矩立下了，文章写起来就顺多了，否则自己头脑里都捋不清，就不知怎么下笔。散文最后我还提炼了几句话："张珍和书，书又与我，我同张珍①，这像是巴罗②所说一个优婉的安慰者正陪伴着我。"深化了我与张珍的关系是书，而书又像一个优婉的安慰者陪伴着我的晚年，从而摒弃了社会上对朋友要么是酒肉关系，要么是交换关系的粗鄙认识。

（2019年8月）

读书会有幸福感

在生活中，常有人问："您读过几年书？"其实这话问的有缺陷。读书没有时段，读书是一个"细水长流"的过程。读书不能只是一阵子，而应是一辈子。如果只读了一阵子，那只能是"半途而废"。那读书怎么和幸福感连在一起呢？幸福感的支撑是心灵，仅靠物质支撑的幸福感，都不会持久，都会随物质的离去而离去。只有心灵的淡定宁静，继而产生身心愉悦，这才是幸福感的源泉。而读书恰好能给心灵注入"淡定宁静""身心愉悦"的营养品。

（2020年2月1日）

---

①张珍，从年轻时结识至今的挚友。
②伊萨克·巴罗（1630—1677年），英国著名数学家，他是发现牛顿天才的第一人，有许多关于读书的名言。

争与忍

人性中有个"争"字，或许它来自本性。争名争利，说白了争出风头，比如争官争到多大？挣钱能挣多少？那好，请问官当到多大是个头儿？挣钱多少是个够？

人性中还有个字叫"忍"。因为有了"争"，所以才出了个"忍"。"忍"是修炼出来的。争是争过来，忍是忍回去，这不就成了解决矛盾的好方法。争的结果是吵起来、打起来。忍来了，一忍吵不起，一忍打不了。所以忍这是为人处世之要诀。

但话说回来，这世界没有矛盾就不是世界，所以该争就争，该忍就忍，有一条线不要越过，过了线就不成世界了。

（2020年6月6日）

生活如咖啡

茶是本土的国货，中国人喝了几千年被称为"国饮"。咖啡是引进来的洋货，也有上百年的历史。中国人刚开始接受咖啡，一是尝鲜，二是讲点儿洋派头，三是表示文雅斯文。直到改革开放后喝咖啡的人才多了起来。现在三线以上城市都有咖啡馆，就说京津沪广深就"星巴克"都开了不少。但话说过来，常喝咖啡的人大多还是白领以上的人。一开始喝，觉得苦得不得了，甚至龇牙咧嘴勉强咽下，后来慢慢地喝着喝着也不觉得那么苦了，又听说咖啡的营养成分比茶还要多。这种心理暗示起作用，于是喝咖啡的人多起来了。我属于那种喝苦涩之后略有感想的人。茶与咖啡同为世界三大饮料（还有可可），无所谓哪个好，哪个不好，就看你的口味如何了。但有一个共同感觉：生活如咖啡，品尝苦涩之后，方知其中香甜。

（2015年2月4日于三亚）

读书的收获

读书的收获为什么各有不同？

读一本书时你的年龄、经历、知识结构、所处环境及当时的心境等决定了你的收获。你的收获无所谓对错和大小，只是一种感受的深浅，而深浅也未必真能体悟到书中的真谛。

比如我常吟陶渊明的《饮酒》，"山气日夕佳，飞鸟相与还。此中有真意，欲辨已忘言。"总觉得似懂非懂。"真意"是什么，一直琢磨不透。但随着年龄的增长，阅读范围的扩大，一次一次去重读，便觉得这个"真意"或许就在前一句的"还"字上。鸟儿本生长在树林里，它们飞出林外干什么？像鸟儿这样的飞禽，食物是靠天然提供的，它们吃饱后绝不贪食。可能是它们没有找到食物在哪儿，才茫然飞出山林。寻找食物是要付出代价的，劳累奔波，误入罗网甚至中箭丧命。好在它们富有灵性，趁着暮色下的山气氤氲，而天地之间尚清朗透明，赶紧飞回了山林。陶公见此情景，发出感叹，鸟儿呀，你们就在林中安稳地待着吧，多好的宜居环境，却偏要飞到域外觅食。岂知你"越界"乱飞，搅动着人们的"梦境"。好在，这天赐的精灵迷途知返，做出了返"还"的明智选择。

我又一次琢磨陶公的"真意"，觉得他虽自幼深受儒学影响，但成年后却崇尚老庄哲学。他看透了当时的世道，厌烦了献媚的官场。他离开浮躁的社会，回归到大自然的怀抱。他在"采菊东篱下，悠然见南山"物我两忘的生命境界中，激发出"性本爱丘山"的本性。在我们这些俗人看惯了鸟儿飞出山林，又返"还"山林的正常现象，但对陶公来说，他形成的自然观、宇宙观，对观察的感觉、知觉，在积淀中形成心意感知与外在自然的合一，得出了"天之道"的结论！眼前鸟儿飞"来"飞"去"，这是一种不断流变的假象，它的背后才是真正的存在、永恒的存在，不是吗？鸟儿飞的这种存在，从陶公所写算起至今也一千多年了，不还照样存在吗！这不正是"天乃道，道乃久，没身不殆"。"此中有真意"或许应从这个高度去理解。至于说到"欲辨已忘言"更有老子所说的"知我者希"，所以那个"真意"才不知道怎么用大家熟知的语言说明呢！

陶公的诗篇和散文，朴实无华，清丽丰腴，最令我喜爱。陶公的人生，原抱有政治抱负却连遭挫折，辞官归隐竟成了一名诗人。在当时东晋文坛上涌现出顾恺之、王羲之等一批大家，而陶公还是一位无名之辈（现在介绍东晋文坛人物时必有陶渊明，这不是当时的排名）。直到二三百年后，唐代著名诗人王维却大力推荐陶渊明的山水田园诗，并由此带动影响了诗坛的一批诗人，比如王维、孟浩然，甚至李白都对之仰慕，杜甫对之欣赏。究其根本，陶公作品以朴素为上，冲破了骈俪文体的束缚，为当时的古文运动增添了活力，由此陶渊明跻身文坛，并别立一宗成为后人学习的楷模。

鉴于此，我失意时读陶诗可开阔心胸，得意时读陶诗又能淡泊舒心。

话说远了，但也算是一种读书收获吧！

（2020年6月3日）

码生计与码心灵

我出了几本散文集，不了解我的人以为我是专业作家，了解我的人说你走错了路，早该去当作家。看来作家在人们的心目中地位不低。其实我的专业是新闻，在我的职业生涯中就当过记者。人们看到的是记者与作家都在码字，好像记者和作家是一码事。你看我现在，要说是记者，早已失去了执业的"执照"；要说是作家也只能算个业余作家。

在人生路上遇上了一位知己，劝我说：当记者能当一辈子（国内外当一辈子记者的有的是），回来干点实实在在的事业吧！于是我进了机关干了一辈子公务员。但不管干啥，因为码字出身，初心难泯，总离不开码字这行当。也许"文章经国之大业，不朽之盛事"的影响太深，码字成了我吃饭的家什。码字与码字可大有不同。一个为了生计（相当于想去当记者），一个为了心灵（相当于想去当作家）。码生计，码什么？怎么码？我个人说了基本不算；码心灵，码什么？怎么码？全由我随心所欲。大块的时间去码生计，零碎的空闲去码心灵。码生计我尽全力对得起薪酬，码心灵我信马由缰善待自己。

（2018年2月12日写，2020年6月20日改）

一个家庭三种消费方式

一个社会由物质短缺到物质丰盈有一个转型期。转型期人们一般会因物质的增长而使思想观念变化。消费是经济学的名词，专指社会产品满足人们需要的过程，到了家庭"过程"变成了各种行动和方式。

如今五十岁以下的人买东西包括日常吃饭所需的食材，都使用网络购买，所需物品就由递送人员（俗称快递小哥）送货到家。

五十来岁的人兼用两种购物形式，多时到商场选购，少时在网上购买。

六十岁以上尤其是七十左右的人，多数仍在商场包括地摊购买。

作为平凡世界的平凡人，以上三种消费方式往往并存于一个家庭。

第一种方式的特点是：方便，自己喜欢的就下单购买，不计较价格只图好吃好看，花钱轻松，有种惬意感。这是现代年轻人持有的观念。

第二种方式的特点是：符合自己的职业特点，购物形式随便，花钱时有所掂量，觉得跟着时代走。这是中年人的观念。

第三种方式的特点是：觉得年轻人都那样，既有认可心态，又隐忧花钱手大。孩子教他网上购物，要么不想学，要么学不会，即使学会了也不使用，偶尔使用一次觉不出有什么好的，反说还不如亲自去商场地摊挑选好。花钱一张一张数，除了那点退休金别无进钱门路，绝无花钱的轻松感。买回的东西总与以前买的比价格、比质量，此次买的觉得合适而高兴，买的与上次相比价高质次而沮丧。这是老年人的观念。

年轻人中年人常说，老爹老妈我们哪有空儿像你们那样，没事去逛商场找地摊捡便宜的买！

三种观念，产生三种消费方式。这三种方式像三种动物：

一种像兔。兔因跑得快，要与时代赛跑。网络购物使许多商场菜场关门，连地摊也摆不下去，逼得它们另找出路。兔子的方式好吗？新的购物方式是与原有方式相对比而产生的，因为其新，所以引人注目。从长远的观点看，新的存在形式往往存在度低，它可能很快又被一种新的形式所代替。比如传呼机的出现，是在手机还不普及的阶段。传呼机一响，众人侧目，好不风光。但好景不长，它的呼叫功能很快就被手机所代替。

二种像牛。牛动作缓慢，常遭人鞭打。人驯化它是为耕地，人称耕牛。"牛耕无宿草"，吃，不嫌好赖；干，任劳任怨。但它那股牛劲儿，就是标配不上时代发展。所以商场、菜场、地摊与网上购物并存。商场虽不像以往熙熙攘攘，仍有不少人光顾。牛的购物方法会在缓慢中让新的方式所代替。

三种像蜗牛。蜗牛太慢，压根没想跟时代同步。尽管时代在变，用纸钞到商场、菜场、地摊购物不变。商场、菜场、地摊是不会一下消亡的，因为它代表着人类文明智慧一个阶段的生存方式。

在社会转型中，出现了三种消费方式，把它比喻为三种动物，兔和牛可能先行消亡，"成为人类舌尖上的食物"。而蜗牛虽原始虽低级，反倒存在度最高最稳定，因此它会活得较为长久，又与新出现的消费方式搭肩并行。之所以这样或许其中蕴藏着"递弱代偿"的深刻原理！

（2020年8月）

学哲学与读诗歌

我对自己的要求是要学点哲学、读点诗歌。

哲学就是好学的学子，问这问那，恨不得问倒老师。人为什么是人，尚能回答。但人生有意义吗？生活有意义吗？难以回答。"我是谁？我从哪里来？又到哪里去？"咋回答！去哪儿？去远方。远方有多远？远方有诗吗？诗从远方来吗？真是由人问到天问。好学的精神就出自哲学的天性。哲学关乎每个人。在今天这个物欲横流的时代，很多人会问：读哲学有用吗？能赚钱吗？可以这样说，读了哲学不仅可以赚钱，还能站得更高，注定走得更远。他把钱这个俗物升华到另一境界，能成为一个优秀的人，甚至成为人生导师。常学哲学的人，生活处处有哲学，人生不仅充满感性还富有理性。哲学就一次一次地把那个曾经试图"装睡的人"叫醒，让他成为"思想的导游"，带领我们走上一条不断醒悟的旅程。

诗歌就是自足的童心，只要对世界痴迷，一棵无人知晓的小草，一只微不足道的蚂蚁，都会引起诗的兴趣。原有的激情缺火了，诗给你加块炭。激情快要熄灭了，诗把它重新点燃。别为那些复杂的事物所纠缠，诗的利器是常理，他去解决，世界就变得简单。于是你能成为一个纯粹的人。常读诗歌的人，生活有情趣，人生有激情。

诗与哲学常常遇到一个共同的问题："为什么有人不懂我?"于是它们互相切磋。

诗站在激情的浪头有感而发。

哲学站在理性的山巅沉思不语。

诗：为什么有人读不懂我的真意?

哲学：因为你有时孤独，让人很难读懂你的深奥。

哲学：为什么有人也读不懂我的哲理?

诗：因为你选择了一种与众不同的生命态度和生存方式。

深奥的哲学极玄之域是诗，"篇终接混茫"（杜甫）。

浪漫的诗歌最高境界是哲学，"道可道，非常道"（老子）。

学哲学与读诗歌，就在"此中有真意，欲辨已忘言"的朦胧哲理诗意中。

（2020年10月）

读诗的感觉（一）

诗乃文学之祖，艺术之根。

我对文学的爱好，从根子上说是从接触《诗经》开始的。

诗是什么，是人类心灵的天籁之声。经是什么，是对生命起典范作用的文字。诗经一开始就与声音直接相联，诗可唱故称诗歌。歌就是诗，诗也是歌。早在两千多年前，人们所唱的歌，后来用文字记录下来，又经孔子亲自在文字上修饰删改，这歌便称为诗。当初就叫《诗》或《诗三百篇》。直到西汉时尊崇经典，于是把《诗》上升到"经"的位置，叫《诗经》，其意是"诗之经典"。看来我国的文学发轫于诗歌。那位被尊称为圣人的孔子，就是一位最早的编审和诗人。

诗如人生，人生如诗。有韵律和节奏，有内在和衰亡。人生亦如此，从无邪童年，青涩青年，老练中年，到智慧老年，阶段分明，感悟也不同。林语堂说过："诗歌教会了中国人一种生活观念，使他们用一种艺术的眼光看待人生。"

诗不神秘，诗言志。诗是抒发或表达内心的愿望和感受。你恋爱时的心思，是那样的隐秘，可你写成了诗，有的你大胆地表达了，有的你默默地隐藏着。一个内心有诗歌的人与艺术和人文精神紧密相连。

诗很委婉，像东方女性，羞涩含蓄，一旦登场，你的心灵就被阳光照亮。

诗之美，在于自己不伟大却用歌喉礼赞伟大和爱情；同时更用鞭子鞭挞丑恶。诗之美全部泼洒在这里。

诗能飞，是她给心灵插上了翅膀，于是心灵无拘无束自由地飞翔！

（2020年10月）

读诗的感觉（二）

在中国，诗就是你知我知的心灵沟通。歌喉唱出来的，最后落到文字，结晶成诗，让人边读边看，心就开始萌动，然后再用歌喉唱起来。于是有言为心声之说，先唱再言，三字形、四字形、五字形、七字形，绝句和律诗加上自由体，后来还催生出诗的变体叫词，从而并称诗词，真是五花八门，不一而足。哪种体形最能契合心灵，就用哪种，心在驰骋，于是就放飞了心灵。那本是村舍冒出的平常炊烟，可诗来了，让心感觉无垠戈壁的"大漠孤烟直"，催生出"长河落日圆"的辽阔想象。春夏秋冬，四季转换，地球就这样循环。但要诗来了，那可是另一番情景。春有欢悦，夏有欢鸣，秋有悲叶，冬有诗雪。这倒像泛神论的精神把人与自然融为一体。

诗在中国找到了归宿——醉。苏轼有名句："诗酒趁年华"。文人雅士，举杯把盏，一首首精美的诗，裹着酒香，从肺腑中涌出，交融成中国诗酒文化的美妙乐章。正是这时，酒进入醉的状态，酒把诗带入了新的境界。酒醉了，诗也醉了。醉在自然，醉在思想，醉在痛恨和鞭挞，醉在艺术和灵魂。想想看，豪放派、婉约派、乐诵派、苦吟派等都是醉派。醉派的火焰能点燃万紫千红的世界，喷发出充满想象的诗句。李白的诗是醉酒冒出来的，杜甫的诗是醉思吐出来的，被认为是文学全才苏东坡的诗也是酒后才唱出来的。只有进了醉派，你才方知"宽心应是酒，遣兴莫过诗"（杜甫句），你才体会到诗的快感、诗的悟性，从而悟出诗的真谛。

众人吟诗，诗找才人。早在两千多年前的北方就有了《诗经》，从开篇到结尾，皆为众人所作。"关关雎鸠，在河之洲。窈窕淑女，君子好逑"妇幼皆诵。而大约同时在南方出现了《楚辞》。拘谨质朴的"橘颂"，典雅华丽的"九歌"直至汪洋恣肆的"离骚"，人说这是青年才俊屈原所作。赤县神州"情动于中，而形于言"，言为心声，诗歌诞生。《诗经》朴素明了，《楚辞》浪漫激情。无论是为众人所唱，还是由才人所吟，他们有的是因历史记载的失误至今找不到作者，有的是人们认为乃屈原所作，其实无名士和有名士都是诗人。诗人不是一种头衔，而是一种生命态度和存在方式。《诗经》《楚辞》像是一对相亲相爱的姐妹相携跨进文学艺术殿堂，而从这源头汨汨流出的诗情滋润着神州大地。中国人开始用诗看待人生。

诗成就了一个民族的节日。两千多年前，当屈原悲愤地站在汨罗江边抱石纵身一跃，一束炽热的生命之火瞬间熄灭。时光掩埋了一切，却无法掩埋人们对他的尊敬和热爱。人们把一顶忧国忧民的爱国者的桂冠，戴在了一位流芳千古的诗人头上，他那"路漫漫其修远兮，吾将上下而求索"的不朽诗句，一直激励着中华儿女奋进向上！上下五千年，亘古未有，只有他的祭日成了中华民族的节日。节日之隆重，场面之宏大，不仅在中国，还远播东南亚国家和海外华人世界。吟诵诗词，竞赛龙舟，投放粽子……川流不息！

诗不在多，余味悠长，便是佳作。诗不是文，诗之长即为短，诗之好即为精。初唐诗人张若虚满共留下两首诗，这在唐代乃至中国诗人中也是少见。《春江花月夜》一首诗，以孤篇压倒全唐之作。读着它就能拨开狭窄的心胸，抛弃心中的块垒，敞开胸怀，像跨上了骏马，任意驰骋。岳飞留下的诗也不多，那首《满江红·怒发冲冠》是在诸葛寓所含泪写成，它诠释了"忠"字，写出了胆识和要堂堂正正做人。

诗中有味，就会常怀慈悲，便有悠悠心绪。

诗中有胆，胸有擎天之柱，便能撑起远航风帆。

诗友诗友，诗有不少朋友，古体诗、格律诗、现代诗、叙事诗、散文诗……围成一圈，它们有的用韵律，有的用意境，各展其能，各自开创一片新天地。

（2020年11月）

给孙子辈写封信

今年，我有一个孙女考上了北京市重点高中，一个外孙女考上了北京211大学，一个外孙女考上了一所美国的精英大学。父母都为她们高兴。作为家庭的老一辈，我倒把兴奋埋藏在心里，一副低调的口吻。我说，环境能造就人，甚至可以改造人，但这都是外因，能不能成才，关键在自己，这是内因。老话说："师傅领进门，修行在个人。"于是我给她们各写了一封信。核心内容是先做人，后学艺。会做人了，学技艺就简单了。这些所谓高深的道理，我都根据她们不同的接受程度，用她们容易接受的语言和生活实例予以说明。鼓励和要求她们要从小事做起，做好人，做好事，读好书。有人说我没事找事，下一代的事由她们的父母管，我是"闲吃萝卜，淡操心"。还有的说，我没事干，闲得慌，找乐趣。说真的我真没当成乐趣，我当成了责任。当父母的绝不能只尽"母鸡哺养小鸡"的责任，更应尽对子女精神教育的责任，这样才叫为人父母。

当家长的自己也要主动去接受好的教育，做到"我与儿孙共成长"。七旬有五的我，时不我待，不抓住这个机会，往后想尽责可能都没机会啰！

（2020年8月20日）

读周国平哲理散文有感

提起周国平后，脑海中便油然冒出"哲学"俩字。周国平先生是一位哲学家吗？在我身边的朋友，常有人向我介绍，这是一位文学家，一位史学家，一位理论家……却很少介绍为哲学家的。从周国平先生履历看，毕业于北大哲学系，中国社科院哲学研究所研究员，专门研究过尼采。我读过他不少哲理散文（或许他有更多哲学的文章我没读过），其理之深，令我惊愕，其文之妙，悦我心智。有一次我独自捧读他一篇散文时，竟让我击掌欢跃，连隔壁的老伴都以为我是在与人神侃，失控而舞蹈呢！或许是我阅读视野太窄，我没见人称他为哲学家，而是称为学者、散文家。

其实，叫什么"家"并不重要，重要的是我们之间并非同门弟子，而思想相通，有种天然的亲切感。这种亲切感像一条无形的绳索牵着他和我。有时遇到困惑，我竟想去他的散文中寻找解惑办法，这种痴人说梦的做法，就是情之所钟吧。作品的磁性通过这条无形的绳索，吸引着读者。这条线能使两头结为朋友，互相学习，相互切磋。我在网上看过他的演讲，觉得他不是靠口才，而是用笔来演讲的天才。正是他的文字激发了我学点哲学、思考人生的激情，甚至促我去翻翻尼采。这样具有深厚哲学学养的散文家能给更多的读者以心灵滋养。于是在他散文集的扉页上，我写下了这样一句感语："先生一月写一篇随感，我一天读一篇随感。你在影响着我，我也在影响着你。"

（2020年8月25日）

试说人生的意义

人生是否有意义，先要弄清什么是生命。大约在两百年前，有人问赫胥黎什么是生命？他无法回答只是调侃说："生命就是逃避死亡。"作为著名的生物学家，他在没有掌握确切的研究成果时只能与人说句玩笑话。直到20世纪中叶，人类才突然发现：生命只不过是一个分子编码而已！

生命不是人生，但人生却来自生命。据达尔文学说讲，38亿年的进化史，从原始单细胞生物一直到人类，可以想象在漫长的生命进程中，作为一个个体本身有什么意义呢？目前人类约有70亿人，自从人类诞生以来，有多少人死亡？面临死亡，人类发出一个终结诘问："人生有意义吗？意义是什么？"由此哲学家、文学家、人类学家、社会学家和生命科学家热闹地讨论起这个命题。有人说人生有意义，有人说人生无意义，还有的说创造是人生的意义，这种争论恐怕会一直持续下去。

其实，说人生有意义就有意义，说人生无意义就无意义。至于说创造就是生命的意义，显然"敢为天下先"是创造的最恰当的解释。"不敢为天下先"是早在两千多年前，被世人称为中国第一哲人的老子所说。用"敢为天下先"来表述人生有意义，能给人一种乐观的情绪并赋予优美的诗意。但须知"不敢为天下先"是哲人在洞察人生后所得出的哲学结论。老子的原话是："我有三宝，持而保之，一曰慈，二曰俭，三曰不敢为天下先。"他甚至打了一连串的比喻，说"复归于婴儿""复归于无极""复归于朴"，是要人类树立和保有一种自然观，对万物（包括人）怀有善良和爱意，人们才能与自然和谐共生。

就一个自然人而言，生命不过百年，终将化为灰烬。在百年的时空中，如生命真有意义，那是最好不过了。遗憾的是人们一直未能找到真正的内涵和本质。多数学者认为找到了价值，生命便有了意义。价值需要从自身挖掘、自身寻找，绝非由赋予者承担，而是由自己承担。人们在自我寻找中，找到了起源于人对外界的惊异，这个惊异也可表述为好奇心，而好奇心发展成为哲学（美学）及艺术，生命就有了意义。那么生命的征途中失掉了好奇心，生命就没了意义。这如果只是生命中的个例，那么从人类总体上看人生是有意义呢？还是中途可能丢失意义呢？或是压根没意义呢？这种无限的追问倒是有意义，可最终生命的意义仍未找到。在这里我必须做一说明，中国哲学家李泽厚把自己的哲学构想概括为"情本性"，人生的意义正在"情感本体"的建构、积淀之中。于是我们去把握形势规律，去感受自然秩序，进而进入"情本性"。在把握形势变化的过程中自然形成一种形式感，慢慢积淀成为"情本性"就能显现生命意义。从常识上讲，一个孩子从生下就要吃奶，直到断奶为止，其间是情感的起端期。"情"在积淀中形成终身的母子（女）情，这就是一种意义。又比如中国人要过年，西方人要过圣诞节，孩子要入学或毕业，过一下成人节，不时礼貌地走访亲朋等，都是一种仪式。仪式让心理得到满足，心灵上获得美感，感情上收获爱；仪式感，对生活倾注热忱，对人与物怀有敬畏。这种意义的形成，或许是平淡无奇，或许是有声有色，都是一种表达方式，这种方式为的是彰显意义，在寻找中萌生信仰，有了信仰而态度虔诚，人生的意义就在这里体现出来！

(2020年10月)

"对牛弹琴"的启示

今天参观北京首农集团三元乳业公司，启示甚多，其中之一为"对牛弹琴"。

当初，著名琴师（也可称音乐家）公明仪，在他心情甚好的情景下，开始给牛弹琴，而老牛（是耕地的黄牛并非奶牛）不睬不理。于是公明仪就换一首，黄牛仍不理，公明仪一首换一首地弹奏，黄牛不仅不理，最后干脆扬长而去。公明仪叹了一口气说："唉，牛没有音乐细胞，它听不懂啊！"

许多人是没有把"对牛弹琴"其事当真的，只认为这是从战国时期传下来的一则寓言故事。这一寓言故事演绎成一句成语，丰富了中华语言。成语起初包含两层意思：一是指对蠢人（指这种人像老黄牛）谈话不能太高深；二是指谈话人不看对象。

今天讲解员说，奶牛需要音乐，它听了音乐后分泌的牛奶多，且产奶的速度快。由此我想到十几年前流行给胎儿播莫扎特的音乐，据说这是一种胎教。我曾咨询过不少这方面专家，他们对我几乎异口同声说：这都是商业化炒作，毫无科学道理。于是我写了一篇《莫扎特的生命》散文，坚称："只有摈弃了这些亵渎，去聆听莫扎特音乐，才称得上是对莫扎特'精神生命'的缅怀和尊敬。"

今天参观的收获之一是知道了在奶牛的饲养基地"对牛弹琴"确有其事，并非古人的寓言故事。但这种弹琴是在深入了解奶牛"心理状况"情况下做出的。奶牛需要的是它所生活的生态环境良好，在它心情最愉悦的时候，它爱听的是大自然的和谐之音，比如鸟儿鸣叫声是它的最爱，于是我们就将自然界中鸟鸣的录音播放给它，使它多产奶、快产奶。

学问是无穷尽的，人的实践认识也是无穷尽的。比如奶牛在几千年的生活演变中，对音乐的喜爱是否有所偏移？又比如今天的生态环境已不是以前，由散养变成圈养，它也再不能自由散步了，它吃的东西全是由人所供给的，并按时、按量且营养搭配。这环境中它爱听的自然天籁之音有变化吗？它整天被圈在牛圈里，还能听到鸟儿鸣叫吗？它的听觉神经是更敏锐了？还是迟钝或消失了？

再精通奶牛的专家学者，是无法与奶牛直接对话的，但他们强调的是奶牛运动本身的规律，是生命的节奏和呼吸，是用人的文化去感受和体会奶牛的"生"与"化"，并依据其他动物及人从中去寻找规律，摸索总结出给奶牛提供真正让它听得懂、听高兴的音乐。

（2019年10月16日）

爱旅行的，总能遇到更好的自己

在人们生活水平提高到一定程度后，旅行不仅是拉动经济发展的手段，更是一种生活方式。你要问现在的年轻人知道"父母在不远游"吗？他们会觉得困惑，不知你所云？

就说我身边有两位同事：一个叫张萍，曾与我在一个公司，当过办公室主任，后来下海当了一位私企老板。另一位叫治平，原是一名女战士，退伍后当了记者，在行业报社当副总编、副社长，经历多少与我有点相似。如今，她们都退休了，变成了一个爱旅行的人。

她们的旅行，每一次都是断舍离。她们懂得给生活做减法，果断而坚定，将过去的人、事、物清零，然后做回那个简单的自己。她们能享受星级酒店，也钟情吃路边小吃，阅过人情冷暖，便不惧风雨交加。这叫身无牵挂，一身豪气，爽朗而气清。

她们的旅行，每一次都展现着生命的不同可能。见过太多不同的江河湖海，登临过巍峨的高山峻岭，领略过各种地域文化，自然了解了生命的不同可能。她们懂得了烦躁中如何得到安抚。面对过去，她们把那些挫折都丢得干干净净，并坚信它们再也不能来伤害自己。面向未来，她们是重读生命，正像遇到难题便"其义自见"。这不是与书相伴的书童，而是融会贯通学问的先生。

她们的旅行，每一次都能把向往化为力量。她们不是矫情的向往诗与远方，而是把向往化为力量，进而变成身后的山川湖海。她们悟得明白，长的是人生，短的叫旅途。旅行中能让她们遇到那个更好的自己，正栖居于诗意的大地。

她们的笑容里承载着时光的眷顾，举手投足间皆是她们看过的风景。她们焕发的活力，绰约的身姿，优雅的气质，就是对旅行意义最有力的证明。

愿她们在这温情人间，平凡而勇敢，褪去一身疲倦，归来仍是那颗纯净的少女心！

（2020年3月13日）

做个"有闲阶级"

读梁实秋《闲暇处才是生活》,真觉得退休以后才开始生活、琢磨生活乃至享受生活。在职场中拼搏那不叫生活,或者说仅是生活的一小部分。比如你忙了吃口麦当劳或肯德基,那是生活吗?那本不是你的口味,是人家的口味。又比如你是老板,整天满脑是钱钱钱,钱就是生活的唯一内容吗?又比如你是医生,整天和病人在一起,你还知道有太多的乐趣你未品味过吗?只有退休了,才成了人们最羡慕的群体。有个笑话:爸爸问孩子将来想做什么?孩子说退休。爸爸惊讶问为什么?孩子答:退休不上班,照样发钱,天天都在做自己喜欢的事,那多好呀!孩子道出了一条"真理",人的最高理想是人人能有闲暇,工作之余会做闲暇人,成为"有闲阶级"!

(2019年4月)

人这一辈子

人这一辈子最美好的记忆在童年,多的是甜蜜,少的是艰辛，因为记忆有选择性，往往在艰辛中误认为是甜蜜。最不能忘记的是青壮年，有奋斗、有成功、有失败，真正的智慧从这时开始积累。最需要忘记的是个人的那点曾经的辉煌和曾经的得意。

人这一辈子，少年时的那点才气是天赋的显露。中年时的那点知识学问是努力的结果。人们所说的智慧老年，主要指你的人品、人望和人格，在这时一生的积累成为果实。

哲学家说，人都是崇高一瞬，平庸一世。那崇高的一瞬是长期积淀的闪烁。人这一辈子小人物和大人物一样，也都有崇高光彩的一面。

（2020年10月）

背影的思考

十岁的小孙女，跟着两位老师去新西兰游学。这种做法我不做评说，但总觉得孩子太小，和十几个孩子出远门有点不放心。早上六点我就到了机场，眼看着孩子背着一个双肩包，手推一个行李箱，自己走过安检门，心里酸酸的。拍张照片发到朋友圈，我的一位老同学写道："人生就是一个又一个背影。祝福孩子吧!"我看了心里由酸楚到震惊,觉得很深沉,一句话充满了哲理。想到每到周末儿女来看我,他们看到我的是眼神,我看到他们走时的背影。由此又想到朱自清写了一篇关于父亲的散文《背影》,起码在知识界一代一代人中都有个"父亲的背影",同时也使朱自清在当代散文界奠定了大家的地位。我呢,也学写过一篇纪念父亲的短文《无法告别的眼神》,那只是小草上的一滴露珠,太阳一出立马蒸发干了。在座谈会上有人说:"前有朱自清《背影》,后有某人的《眼神》。"我听后如坐针毡,有无地自容之感。说话评论不要太满,太满就让人觉得跨过了真实而成为虚假。俗话说:"捧得越高,摔得越惨。"我倒有点清醒,自己吃几碗饭自己知道。

但反过来思考,一个人死了,他生前没有德性,你写成什么样儿,也不会给人留下印象和影响。但如有德性,却无人去记录和书写,他也不会对别人或后人有较大影响。可见用笔写下"背影"其影响有多深远!鲁迅说过:"文学文学,是最不中用的,没有力量的人讲的……"他自信的用"金不换"的毛笔写文章,因为他写的文章有人要看。沈从文在1961年写过一篇文章说,文学和艺术能"形成生命另外一种存在和延续,通过长长的时间,通过遥远的空间,让另一时另一地生存的人,彼此生命流注,无有阻隔。文学艺术的可贵在此。"(《长河流不尽·抽象的抒情》)我想，时代不会丢弃这些先贤们的灼灼之言吧！

(2015年7月21日)

七十感怀

人过七十，常言说"人生七十古来稀"。这句是杜甫在长安（今西安）东南曲江所写的诗，《曲江二首》传承一千多年，成了百姓的口头禅。

一千二百多年后，我七十岁，在西安曲江度过了生日，想到了当年杜甫在这里写下了《曲江二首》。眼前的景物，触发了我的情感。正如老百姓说"一个人一个样儿，一个神一个相儿"。也如知识分子说，这世间笔下一个人一个"哈姆雷特"。人啊！经历有相似，命运各不同。

当年46岁的杜甫，正在朝中做官，是个大机关的小干部（左拾遗），薪水微薄，安史之乱刚刚平息，社会由盛到衰，杜甫经常赊账饮酒，好歹是皇上身边的工作人员，这等混吃蹭喝也真够惨。他写下的诗句是："酒债寻常行处有，人生七十古来稀。"意思是，到处都赊欠酒钱，人能活到七十岁，自古就很稀少了。我体会出杜甫的心思：人生能活多久，既然不得行其志，那就"莫思身外无穷事，且尽生前有限杯"吧！谁也不会把杜甫当一个哲学家看，但我可以说杜甫作为一个诗人，他在不同年龄和不同环境写出的诗，是他把社会底层小人物作为诗来写，揭示社会小人物的作品才是"揭示一个民族史"的作品。杜甫的诗向人们揭示了大唐盛世走向衰败的过程，他把自己的经历融入小人物中，把自己和作品中的人物一起打造磨炼。他把动人的诗歌留给后人。杜甫其人、经历、诗歌，哲学家都可把它抽象为具有普遍意义的哲学。

这时，本人70岁，是个退休十年的老人，遇上改革开放的好时代。杜甫的经历与我无法同日而语，我尽可在曲江游览紫云楼古迹，欣赏大唐芙蓉园，畅游清澈的曲江池水……嘴里哼着自改的《曲江二首（其二）》小调，"小酒寻常处处有，人生七十古来稀"，心想古人把七十岁都看成是稀罕的。如今七八十岁的老人，在这儿唱的唱、跳的跳，游逛的游逛。在我的周围，写诗的写诗，作画的作画，这种激情充实了他们的人生经历；而他们的诗词绘画创作，又从人生经历里获得久久的深沉。七十岁的人"坐吃等死"只是人类发展阶段中的一小段，我这身体就有不少的疾病，疾病痛苦是自然存在。诗的激情是自然在理性这根琴弦上所奏出的旋律，这两者都是天籁自鸣。哲学是二重奏。你看那些科学家别人看来是"枯燥无味",在他们看来早就在哲学的维度上用诗的激情化解为"乐趣和专注"。爱因斯坦说:"没有音乐的生活对我来说是不可想象的。"钱学森爱好钢琴和美术,屠呦呦爱好钢琴,"杂交水稻之父"袁隆平爱好小提琴……他们都在艰辛的创造中获得了从内心发出的幸福感。

人过七十,自然会有不少疾病、伤感、惆怅、怀念和遗憾,但"天若有情天亦老",我们应用回忆、豁达、放弃、自省去应对并享受另类的幸福。

(2015年1月6日)

孤独怎么说

我写过一篇散文《雪,我生日的天》,在题目下面用了叔本华的一句话:"要么庸俗,要么孤独"作为题记。

人对庸俗常说常用似乎好理解一点,但对孤独却常常难解。其实孤独就在你身边。说到孤独自然联想到有部名著叫《百年孤独》,与其说它是小说,还不如把它看成是注释孤独的专著。书中描绘拉丁美洲历史社会背景下的家族之间、人与人之间的孤独感,把"百年孤独"这一主题,诉说得淋漓尽致，让人洞见了一个社会和人群孤独的脉络。它告诉人们应摆脱生活的迷茫，学会享受孤独。

作者马尔克斯说："过去都是假的……归根结底也不过是一种稍纵即逝的现实，唯有孤独永恒。"一个人生命中无论有多么辉煌，都会用孤独来偿还。孤独与寂寞形影不离，只有孤独才能给寂寞腾出空间，让自己在寂寞中与自己对话，从而迸发出修炼已久的智慧。不孤独不能独立思考，不孤独便无个性，不孤独不会高雅。不过再孤独的人也需温存和爱情短暂的慰藉。

（2020年11月）

附 录
书缘与书评

曹璐（中国传媒大学教授、博士生导师）：

能坚持思考、感悟，并落至白纸黑字，可储存，可交流，可传世！胜勤做人做事勤奋并坚持写作实属不易！人生变老总是精神不断丰盈，但身体都逐渐老化！重要是提升自愈力，尽量延缓衰老过程，包括思维的正向改变，努力了，则无悔！

缪俊杰（著名文艺评论家）：

这是一篇（《无法告别的眼神》）洋溢着爱的激情的力作。作者写了他对父亲眼神的眷恋："静寂中的相遇，一次又一次让我猛醒。父亲是永远地没了！而每次相遇都激起我与您心灵的交流。您那坚硬沉重、酸甜苦辣的眼神，像在测试着我，对生活刻度的认识有多深？对生活标尺的要求有多高？"从而促使从政多年心灵受到一些扭曲的自我感受到"只有唤回人性中的良知，才能去回报你眼神中不时的期待。您给我太多的精神期望，其实我是无法回报的。我只有怀着对活着的母亲的责任感和宽容心，才能抚平心头歉疚，才能在人生路上怀有一颗平静的心。"作者从父子亲情，进而触动心灵，发展为一种人间大爱。这是一个大地赤子的心灵反思，是一个人对社会充满爱的一种精神回望。显得那么平静，又是那么深邃！这篇感人至深的作品，被选入学生高考参考文本，不是偶然的。

散文应该是美文,《戈壁滩,戈壁人》是篇很突出的代表。在人类生存环境中,沙漠、戈壁,也许是令人感到最乏味的土地了。然而在《戈壁滩,戈壁人》中,作家不是刻意去写人们处在这个环境中的困境,而是着意开掘生活在这艰难环境中的普通人的人性美和人情美,写出生活的韵味。"或许城里人会嘲笑土得掉渣的戈壁人的憨傻,但当我走出绝地再回望他们时,才发现那一个个血肉丰厚的人的厚道,竟如此美丽。"时代在变,潜藏在人的内心深处的美的感受也在升华。"昔日,戈壁人在厚道中遭受过贫穷的煎熬,在剽悍中展现过刀光剑影。如今,绿洲上琳琅满目的商品,戈壁深层埋藏的宝藏,让现代人享受着恩惠而倍觉荣光。"作家把自然中的土气,上升为生活中的美,人性中的美。这正是作品中所表现出的韵味。

何启治(著名文艺评论家):

这里有爱的博大。这两篇(《永不沉沦的爱》《父爱真情》)写的就是父母对亲子之爱,是写儿子对一辈子勤勤恳恳当铁路工人的父亲的爱,以及"大字不识一个"的慈母和儿子之间"刻骨铭心、永不停歇的挚爱"。倒也没有写多少惊心动魄的大事,只是讲母亲省吃俭用为儿子买一只烧鸡,似乎是天生对游子脚步声的把握,讲父亲为儿子在钢轨上压制小刀的游戏，又是抱着、又是背着儿子上医院的几个小镜头，就道出了"子欲养而亲不待"地想多尽一份孝心而来日无多的遗憾。

贺绍俊（著名文艺评论家）：

也许是工作缘故，作者到过许多国家，异国风采很容易唤起一个写作者的创作激情，但留在赵胜勤笔端的往往是在异国对文学艺术的心灵感应。……就凭着诗人徐志摩的《再别康桥》，作者到了伦敦的剑桥肯定要留下文字的，在这篇《遥远的康桥》中，作者由诗句"轻轻的我走了"而"向往康桥向我们走来，走过剑桥的路上，走向清华园，走向未名湖……"这向往中包含着作者对祖国文化理想的热切期待。

刘虔（著名散文诗作家、报告文学作家）：

在读了《心灵的呼唤与倾听》后写道：这是诗的言说。从心灵生发的风云，在精神的土壤里长出的草叶与草花，盈满清香与美色……

读了《道德趣读》写道：道德一解，很有意味。

读了《读书的收获》写道：解读了"真意"，对我也有启发，还可释为"人要守本分，不可贪心"也。归隐山林的士子，远离尘嚣的人生，或许可得其真谛啊！

读了《读诗的感觉》欣然挥笔：诗之宏论，言简意赅，精思寓意，启人心智。

胡占凡（中国文联副主席、中国电视艺术家协会会长）：

在读了《雪，我生日的天》后写道："越来越恬淡，越来越平和，越来越老道。"

读了《明月的遐思》后写道："写得多好，真诚、散淡、平和，有人情味，又有诗意。值得出书。"

潘五星（国务院原某部司长、资深读者）：

读过《雪，我生日的天》，真让人佩服！一场雪，一个生日，偏偏就能来个洋洋数千言一气呵成，读起来感觉连喘气的时间都没有呢！

虽写雪/生日而其涉甚广：民俗/音乐/哲学/科学/文化/植物学/诗歌/诗词/民居/民情/养生/养犬/别墅/单车/步道/茶道/叔本华/贝多芬/陆游/苏轼/曹雪芹/鲁迅/钱锺书/楼宇烈/您老夫妇……可谓是：数千年历史、数千年文化、数千年人物，被您以数千个汉字纳入文中！其间又有时代变迁、世事变通、人情变故、观念变化穿插往返；肉体、精神、生命之感不时而现。

文起于民俗而收于民俗，透着收放自如。看在视眼前物事，思已及万里之外，千年之前，真乃天马行空。

写这类散文真需有太多的知识才行呀！

而《我是父亲》，是于细微处见到精神，于执着处见到了释然；可见传统如何代代延续之脉络，可见父爱如山在我辈心中之巍峨，可见顾盼往昔中万千人之身影，亦可见举轻若重信手拈来之文笔。

宏村只是走马观花去过，过后脑中亦只留下万一。在作者笔下的《宏村》能让人不去而识之精髓并烙上回味无穷的烙印。

我学"读书心语"受教良多，常有微言大义之感。我觉得这真是你的心灵之声，时而如润物春雨，浸入发肤；时而如临谷深渊，落石无声；时而如家慈絮语，绕梁不散；更多的因吾学之不足，只能意会而言不出矣！能把您的各种人生感悟，以心语之声传播，可启发、丰富、扩展所有好学者之思之想，也可谓心灵的大德大善之举。

零星读了赵君几篇散文，深感文学创作来于生活，来于基层，而作者正是从基层一步一步走上来，才使得写作言之有真物、言之有色彩、言之有规律、言之有道理，这些东西才能真正给人以启迪。如果您的东西能出版发行，就更能弘扬时代主旋律。

邢同义（《恍若隔世》作者）：

说是《侃过年》，实则是对民族性、民族史的反思，该文侃得深，看得宽，望得远。

刘桂成（央企西北某公司职员、文学爱好者）：

读《阿拉斯加旅游札记》，作者从加拿大西南部太平洋沿岸的温哥华出发，吸着枫叶的气味，携着五帆鼓起的长风，乘坐无限号游轮，朝着毗邻北极的阿拉斯加驶去。胡纳岛—哈伯德冰川—阿拉斯加州府朱诺—鲑鱼养殖场—门登霍尔冰川—凯奇坎。作者像一位工作阅历丰富、见多识广的导游，一路走一路讲解，从自然到历史，从人文到民俗，把所见所闻详细记录，娓娓道来，引人入胜，让没去过的人如同身临其境。作者用诗一般的语言将一路奇观美景描绘得栩栩如生，如诗如画，令人向往。如："游轮把深绿深绿的海水划出一条白色的路线，就像是在无边的草原上开出了一条高速公路""海水像一块无边无际的凹凸不平的毛玻璃""冰河好像棉花，填满了两山之间""哈伯德冰川，像一位熟练地驾驭庞大乐队的指挥，它手臂轻扬，大海便卷起一股股巨澜……"等，语言鲜活，生动！作者又像是位善于思考的哲人，通过"悲壮的鲑鱼""后退的冰川"联想到人类的命运并感叹地球变暖带来的危机，"人类呀，可不能成于自己，又败于自己呀"。地球是我们人类共同的家园，保护环境和生态刻不容缓。

我从文中描述的鲑鱼洄游产卵想到了青海湖的湟鱼，它们的繁衍过程非常相似；在大海上看到那被雷击的树木委屈地接受死亡，显露出生命的悲怆，让人想起咱们西北特有的"三千年不死、不倒、不朽"的胡杨那永远屹立的品格！总之，读后很受启发，通过优美的文字，我们足不出户也游了一趟神奇的阿拉斯加，当然，有机会亲身体验一次那是最好不过的了。如同笔者所言，为了保持原汁原味的感觉，个别文字有笔误，但瑕不掩瑜！品读此文，受益匪浅。

读了《明月的遐思》，作者通过中秋夜晚，阖家团圆，共赏美景和明月，围绕天上月圆、人间团圆触景生情，引发联想和遐思，引经据典，抒发情感。语言虽然并不华丽，却朴实流畅，情感丰富，叙述生动，舒展自如；形散而神不散。虽说是从平凡的生活中信手拈来的题材，却写得既有烟火气，又有高雅的韵味，能让读者产生共鸣，看得出作者独具匠心，极富功底。

裴云天（诗人，作家）

赵胜勤先生是当年我们在甘肃省委组织部工作时的同事和朋友。早就听说他在做好本职工作的同时，还在写一些别的东西。后来，他调到北京，视野更加宽广，人脉更加云集，胸襟更加开阔，见识更加丰富，在文学研究、散文诗歌写作、绘画、哲学等方面，都有所开掘，并取得了不菲的成绩。

近些年，从网上陆续读到他的一些散文和随笔。这些作品总的感觉是，有着20世纪30年代徐志摩、林徽因等清丽、温婉、柔美的风格和基调，我猜这可能与他喜欢散文诗有关。

他的《戈壁滩，戈壁人》，可以称得上是散文中的上乘之作。戈壁滩，虽存在了亿万年，但没有人太关注过它。即使关注，也只是"平沙漠漠黄如烟"之类荒凉的句子。我也曾写过一首《戈壁赞》的诗，诗中言道："皇室把礼仪留在这里，臣子把奸佞留在这里，商旅把金币留在这里，农夫把汗珠留在这里，驿马把羽书留在这里，铁血把尘埃留在这里，文人把执着留在这里，骚客把酸臭留在这里，诗句把炙热留在这里，文章把浪漫留在这里……"我说了这么多，也只是泛泛地歌颂，没有像胜勤那样，把深情的笔触，满怀热情地扎进戈壁的深处，扎向他倾情歌颂的主体——戈壁人！只有在戈壁滩流血流汗生活过的人，把真情和眼泪抛洒在它身上的人，才能觉得戈壁的辽阔、雄浑、壮美，也才能体会到它的敦厚、善良和可爱，从而不吝笔墨，为它着装，为它画像，为它歌唱。赵胜勤就是这样的人，他笔下的戈壁人，一个个都是这样的人！正是因为他们的奉献和付出，才使荒漠的戈壁，有了温度，有了颜色！作者在这篇散文中，把精彩的描写和深刻的思辨紧密结合起来,增强了文章的思想性和厚重感,使读者在阅读的时候,不但看到戈壁和戈壁人的粗犷和爽达,听到了他们内心的沸腾和奔涌,更有一层欲穷极深处的理性的探求。这或许是作者潜心钻研《道德经》一类文章在散文写作中的运用吧!

由此我想到,作者在"黄宾虹与中国文化"雅集上的演讲,既是一篇激情飞扬、文字精彩的演讲稿,又是一篇观点鲜明、论述深刻、论据充分的美学研究论稿。我惊叹作者这些年来,对中国文化特别是中国绘画的深入研究,并取得如此富有见地的认识和成果!作者的论述,使读者对中国画的形成和发展、不同流派及其代表人物所取得的成果地位和影响、中国画在世界绘画史上的地位和作用,都有了较为明确的认识和了解。

哲学和诗歌的论述,角度奇特,立意高远。把古板和浪漫放在一起说,而且说出了深刻的道理,使人耳目一新,大受启发。一个"奔八"的老者,在度过了人生几十载风风雨雨之后,还在探讨"人生的意义"这么沉重的命题,还在思考由该命题所引发出的各种问题,真是令人感佩!

在这本书即将付梓之时,他还发来"后记——在笔墨人生中漫步",征求意见,真正体现了一个老同志谦虚谨慎、活到老学到老的人生态度和品质。在后记中,他写到他每一步人生道路所看到的风景，每一阶段他要感谢和怀念的贵人，各种酸甜苦辣人生况味。读着这些文字，我真是感同身受。我除了热烈祝贺他的新作问世，同时最想说的是，祝他身体健康，心情舒畅！

昝福祥（著名诗人）：

得知赵胜勤君的散文新集即将付梓，我为他笔耕不辍、心系家国、谈古论今，老马争驰的情怀所感动。

我与赵君是相识十几年的文友，以文会友成了我们不可或缺的交际。"投我以木桃，报之以琼瑶。匪报也，永以为好也。"（《诗经·卫风·木瓜》）赵君的散文，来源于生活，又用艺术语言加以凝练。每一篇都是对生活、社会、自然和人性，甚至是哲理的思考。他用文学语言，真实、形象地反映生活和情感，唤起读者的共鸣。散文集中篇章体裁多样，读来朗朗上口，让人回味不已。

赵君散文集第一辑，写的是《亲情友情》。这无疑是人世间最重要的感情。亲情是一股清泉从心田涌出，润遍全身，犹如春雨滋润大地，唤出生命的勃发。他以《无法告别的眼神》为题，以一瞬间的神情，定格成永恒的雕像。父亲是家里的"一座山"，能遮风挡雨，还是"一座矿"，一家生计的来源。作者父亲，一位恪尽职守的铁路老职工，奉献一生，无怨无悔。赵君以《永不沉沦的爱》《为子不知母》《小鳌馍的乡味》为题，怀着无限深情，记叙了母亲在艰难岁月，对儿子的悉心呵护和"子欲孝而亲不在"的伤感。这位看似平凡的贫家母亲，却有着相夫教子、刻苦耐劳、勤俭持家，为儿女奉献一切的伟大情怀。岁月的洪流，卷走了青春，卷走了我们这一代奋斗的年华。作者在"三地书"中叙述了自己的成长经历，更多的是通过书信，对晚辈的谆谆教诲、鼓励与期待。给读者留下的深刻印象是：赵君希望晚辈成为"有生活目标的人""勤奋好学，充满自信的人""有好的爱好和习惯的人"。作者笔触细腻，爱意拳拳，体现了一位老者的风范。

几十年里，赵君走过不少名山大川。散文集第二辑《行踪旅迹》就是他的情系河山，与人文历史、自然风光的对话，很有"相看两不厌，只有敬亭山"的娴雅和风骨。

第三辑《感悟人生》，前几篇是赵君对诗词墨画的鉴赏和品评，后更多的是异彩纷呈的"读书心语"，其实每则也都是独立成章的散文随笔，如格言联璧、哲理明人。有的谈学问，谈修养；有的连珠妙语，留给读者品味。我读"生活如咖啡"有感而发，写出了如下诗句：

人生细品一杯茶，欢饮咖啡韵亦嘉。
味好常需流水注，低吟手掬月清华。

赵君这部散文集，是值得一读的好书。

当这部书面世之时，将值赵君七十六岁生日，我写就这篇文章时，却在西方人喜度的平安夜。我意犹未尽，浮想联翩，韵诗一首，作此文的结束语吧。

  平安夜静赏新卷，风雨人生心浪翻。
  戈壁豪侠挥梦笔，天伦斋主入吟坛。
  一思凝聚家国事，百感交集物我间。
  白首不渝酬壮志，余心依旧染枫丹。

注释：戈壁豪侠，赵君网名；天伦舍人、涵养斋主为此文作者网名，完稿于澳洲布里斯班2020年平安夜。

关于《黄宾虹与中国文化》雅集，浙江工商大学人文学院网讯，魏晋报道：

赵胜勤先生主题发言讲了三点意见：一是中国不缺大师，又太缺大师；二是一手师古人，一手师造化；三是培养新人、功德无量。赵先生的发言振聋发聩，似是醍醐灌顶。他的发言代表了文澜雅集的高度、深度与气度。他表示，黄宾虹大师的地位不可动摇，他给我们留下宝贵的精神遗产，他是继往开来的宗师级人物，代表了民族文化的修养内涵。

后 记

在笔墨人生中漫步

笔墨，笔与墨是一对孪生兄弟。用毛笔蘸着墨，才能在白纸上写下黑字的文章。曹丕说："盖文章，经国之大业，不朽之盛事。"

我的祖辈和父辈粗识字，只能用笔和墨写封简单的信件，仅此而已，那不是文章，无法从"笔墨"的高度来要求他们。但他们对我有深情的寄托，希望我好好读书，成为一名"手握笔杆，肚中有墨"的人。这种家教深深地影响着我。我这辈子虽从事过不少职业，且跨度较大，最后成了名干部，干部本色是玩"笔墨"。

从这个角度上说，我的人生是在笔墨中漫步。

我出生在豫北农村，上了一年级后就离开了家乡，与母亲跟随父亲到了西北，那时叫"随迁家属"。在铁路沿线上小学。我的初中是在天水市西南边一个依山傍水的大院落里，山根下有条水量充足的河，满院是老树古树，还有一个标准的足球场。场外的墙面上面画有一幅画，中国学生将足球踢进外国人把守的球门。我刚入学时本以为是真的，体育老师说这是我们奋斗的目标！如果说我的记忆没有变形，至今我还觉得一所中学能有这样的底气和勇气，足见各门课程都有自己的奋斗目标。

到了初三老师给我们出了道作文题《我的理想》。我就按课本上的一篇课文"照猫画虎"，又不知从哪儿抄来一些好句子，还说我的理想是当一名老师，三改两改，改成了我的作文。没想到语文老师在我的作文上用红笔画了不少圆圈，在不少地方还加注了批语，并在全班由他向同学们讲析，还挂在班级墙报上。从这种模拟范文开始，我慢慢地开始学写些东西，或许我在人生道路上慢慢形成的读书写作的爱好，起始就在这里。直到大学读新闻编采专业，由此与笔墨结下了缘分。

我参加工作是由城市到戈壁，在戈壁小镇的小学、中学，当了一名代课教员。读书是一种精神活动。书，在这里比荒漠上的树木还要少。友，在这举目无亲的戈壁去哪儿找？无意之中，我与一位同事因都想读秦牧的散文集《花城》，互相推让，而最后竟成为书友和朋友，他叫张珍。前不久我还写了一篇散文《一位优婉的安慰者》。我写道："张珍和书，书又与我，我同张珍，就像是伊萨克·巴罗所说一个优婉的安慰者正陪伴着我。"古人谈到读书时说：独学而无友，则孤陋而寡闻。这下好了找到书友，我们可以互相交流读书心得了。但一所本来就很小的小学坐落在荒寂的戈壁，它是我理想中的归宿吗？或许我受"士"的传统影响太深，"达则青云"早已成为妄想，"穷则茅庐"已是我的境遇，拿出那点傲骨，冲出这个围圈，去寻找爱好读书和写作的天地，展示对人生价值的追求。

我走出了戈壁小镇到酒泉地区报到。又是一次偶然，我听说被分配到酒泉中学，却被抽调到筹备先进表彰大会去准备会议交流材料。我的组长叫刘振环，他是从团省委《甘肃青年》杂志主编调到这里，当了地区宣传组副组长。他写的秦腔剧本《铡美案》，红火地唱遍省城大街小巷和剧场。我跟着他到祁连山下的沙格楞，去世界风库的瓜州，我的角色是"跟帮跑腿"，他是捉笔写文章。回到地区汇报，他的文章篇篇受到大家的赞扬。我跟着他学习写作，在实践中锻炼，比在课堂上收获多得多。这时我才懂得什么叫山外有山，自己那点"墨水"差得远着呢！

这更是一个改变命运的偶遇。新华社记者孟宪俊，要到酒泉县（现酒泉市）银达乡采访，地区领导指派地区文教局派人当向导，这事儿就落在了我这个"小秘书"的肩上。我们蹲点采访，走村串户，吃百家饭，访百十人，整整用了近半个月的时间。他分配我写某一段，我倾全身之力，最后由他修改，理顺全文。只见我的稿纸上被他画成了"地图"。而他，下笔有沉思，文力透纸背。稿子写完了算是松了口气，他竟对我说，你很有新闻敏感度，功底也不错。受到这个人民大学新闻系毕业的"大记者"表扬，我只觉得与他相比差距太大。稿子发总社一周后来电话说这篇通讯写得不错，本应上《人民日报》头版头条，后因故放在四版头条（当时人报只有四个版面），题目改为《农民业余文化学习的一面红旗》。通讯发表后，有同事开玩笑说，大寨、大庆为全国学习的红旗，咱们分社也给全国树了一面红旗哟！孟宪俊把这些信息从兰州打电话到酒泉告诉了我，我兴奋得一夜没睡好觉。后来就是孟宪俊的推荐，经组织批准，我竟成了一名新华社记者。我做梦也没想到，酒泉成了我人生的起步点。

读书和写作是我所爱，我希望做最好的自己。我要离开戈壁离开酒泉啦，十年锻炼，十年学习，虽然条件艰苦，真要走还真有点舍不得。我应该在左公柳下，端起夜光杯，"举杯邀明月，对影成三人"，邀请刘振环、孟宪俊像岑夫子、丹丘生一样，酣畅地喝一次葡萄美酒；我应该跨越戈壁到祁连山森林，再吸一口祁连青松那带有"风格"的气味；我们应一起去趟阳关，再看看那思念的月光；我们应一起去趟玉门，再听听那玉佩澄清心魂的响声；我们更不能不去莫高窟，告别那美丽轻盈的飞天。

大戈壁与酒泉人的一切，在我的脑海中就是一首"西出阳关"的壮歌，更是一幅垦荒牛奋争的图画。怎能忘，丁守垣、王殿英这当时地委的"笔杆子"带领我在天寒地冻的严冬垦荒,在希望的田野上播种。我倒是知道了什么叫春种夏长秋收冬藏,但我不理解他们为什么让我这样艰苦地工作。这个答案只能在读书中慢慢悟出:人,地球上的精英,人生不仅要写在书中,更要写在深情的大地上。没有这些,哪有后来《人民日报》刊发的《戈壁滩,戈壁人》!难怪《诗刊》编辑埋怨我:"这就是诗,震撼人心的散文诗,应发在诗的刊物上。"我在笔墨林子里漫步,心灵才体会到惬意的味道。

到省城兰州,我在新华分社没待几天,就被省委调走了。后来阴差阳错又调去央广。还是省委以选秘书为由,又把我要回。我在省委组织人事部门待过,但没管过干部和人事;我在政府待过,但没有实操过经济;我协助领导分管政法,但没管过警察和司法。这看似两不搭界,其实职业和喜好早都融在一起了。其中的苦与乐只有在书林中能找到。

或许是因为我学新闻而常受新闻体的影响,在此之前的笔墨多为调研报告和政府公文。只有到了退休以后,我的笔墨才真正倾向文学。正如在新闻体裁中有个"报告文学"一样,报告者新闻也,文学者创作也。新闻和文学之间隔着一层窗户纸,要捅破我得做艰难的努力。

进京,这是个"爱将笔墨逗风流"的大考场。我的心灵和知识又要接受一次考验。经济上国企要"三年脱困",管理上企业要作为独立的经济实体进入市场，体制上由政府直接管理企业变为建立现代企业制度。作为来自西北的我，这一系列的改革，真让我头晕目眩，好像泰戈尔说的："我们看错了世界，反而说它欺骗了我们。"

面临这一切，我没有退却。我坚持从书本到实践，认真学习准备着，可惜的是没多久，法定工作时间到点了。退下来了，该歇一歇了，但心灵上的追求却上升了。文学批评家看人像拿着一面镜子，一照就看透了心思。曾担任过文艺报常务副总编、小说选刊主编的贺绍俊，是一位有真知灼见的著名文学评论家，他说："赵胜勤从领导岗位上退下来了，但他对文学的热情丝毫没有退，相反，这把文学之火在他的内心是越烧越旺。"他怎么能看透我的心思？噢，原来是我"用眼"看而他是"用心"看！我像回归的少年，戴着红领巾，"时刻准备着"。没有中国文化方面知识的准备，要写作，那将不会写、写不出，写出了没人看。

没人嫌我老，我参加了"团中央举办的国学培训班"；没人嫌我退休，机关照样发我"中央和国家机关司局级干部选学及北京大学企业负责人国学进修班"入场券。两个培训班，历时三年，跨越了在职与退休两个阶段，一周一课，风雨无阻，坚持三年学完。许多人说我是培训班中最年长的"老学员"。

偶然不断出现，必然就在眼前。在职时领导委托我分管过某行业报纸，必然与报社领导打交道。刘治平是主管（文艺）副刊的副总编，是她介绍我认识了一些首都文学界著名的作家和评论家。

《永不沉沦的爱》散文集初稿，我是没有勇气拿来示人的。因为我不知道自己的作品是否达到了出版的水平。刘治平对我说，我给你找个高水平的看看。于是她找到了人民文学出版社原总编何启治，何启治与我素昧平生，但他是我心中敬仰的先生，我知道，他是《白鹿原》书稿的终审人之一。"千里马常有，而伯乐不常有"，在他还是一名编辑时找到了陈忠实组稿，他耐心地等待20年，才见到《白鹿原》的书稿。这是一种艺术家的等待，一种编辑家的等待，显示出他文学素养的耐力和气质。他以深厚的文学审读透视力，使《白鹿原》一面世就洛阳纸贵，畅销不衰。他能看得上我的短文吗？真没想到，他看书稿后说："作者对亲人、对西部的山川土地、对人民和祖国的博大深沉、永不沉沦的爱，具体地体现了他对文学写作发自心底的爱。"这位当时已70高龄（现已86岁）的编辑家、作家和文学评论家，他对我的肯定极大地鼓舞了我写作的信心和勇气。后来我把已出版的散文集《永不沉沦的爱》《坚硬古堡里的柔情》，书名最后一个字合成为：爱情。

《回到原点》这本散文集，被已出版过300万字的评论大家缪俊杰，称为"这是一部大地赤子的精神回望的力作"。从曾祖父到祖父再到父亲，他们都是社会底层的平凡人、小人物。沉重、壮阔的历史环境，决定了他们的命运。他们虽已作古，但他们都是有血有肉、有爱有恨，活生生的人。我爱他们，我是他们的血肉，但我又是有"墨水"的人，我将私爱上升为大爱，成为心灵的人文关怀。于是我把这三本散文集的书名集中到《回到原点》，"爱情与死"展示着人的永恒主题。

在这里我特别要说，在文学体裁中我虽爱散文，但我内心很尊敬诗。铁凝是写散文和小说的作家，她说得好："一个作家把诗作根基，未尝不是一种好的营养。"我是内心明白却表达不清。我得到了诗人、报告文学作家刘虔的回应，他说："诗的言说，从精神的土壤里长出的草叶与草花，盈满清香与美色……"诗人昝福祥用绝句与我共享诗美："大千求荐贤哲语，鬓染秋霜共泛舟。"我只能要求自己读一点哲学，增强理性；读一点诗歌，燃起激情。有人说当今诗歌是"小众"，其实大众心里都有歌。

不管外部世界多么复杂纷争，我的内心世界却简单宁静。学一学苏东坡"莫听穿林打叶声""一蓑烟雨任平生"。放下手机，用一缕书香，沉淀生活的浮躁，去体会"晓窗分与读书灯"的乐趣，也就"永远守住我的魂灵"（林徽因句）。

当我这本散文集付梓之际，邀请著名的贺绍俊先生写几句话，他欣然接受。他为本书作点睛之序，不仅为本书增色，还像十五年前那样激励我，让我"追求尽善尽美""让心灵自由飞翔"。

我是农耕民族的子孙，对命运有种特别的理解，天即天道，所以这本散文集书名就定为《雪，我生日的天》。

赵胜勤

写于北京，2022年

桃花盛开的季节